パンと牢獄

チベット政治犯ドゥンドゥップと
妻の亡命ノート

小川真利枝

集英社

パンと牢獄——チベット政治犯ドゥンドゥップと妻の亡命ノート　目次

プロローグ 8
第一章 路上でパンを売る人 15
第二章 物質的なものは東、精神が宿るのは西 69
第三章 新天地・アメリカへ 89

第四章　再会　131
第五章　ドゥンドゥップの秘密　163
エピローグ　244
あとがき　246
参考資料　252

〈ドゥンドゥップの活動範囲〉

ドゥンドゥップはアムド地方・青海省の化隆回族自治県で生まれ、17歳で単身ラサへ。その後、ダライ・ラマ十四世のいるインドのダラムサラへ赴き、初めて教育を受けた。再びラサに戻ったときにラモ・ツォと出会う。2008年、北京オリンピック直前に、チベット人たちの率直な思いを撮影したドキュメンタリー映画『恐怖を乗り越えて』をつくったことが、「国家分裂扇動罪」にあたるとして懲役六年の刑を受け、服役。釈放後は海南チベット族自治州（ツォロ）にて事実上の軟禁生活を強いられた。その後、ベトナム、タイを経てスイスへの亡命に成功。

〈チベット高原〉

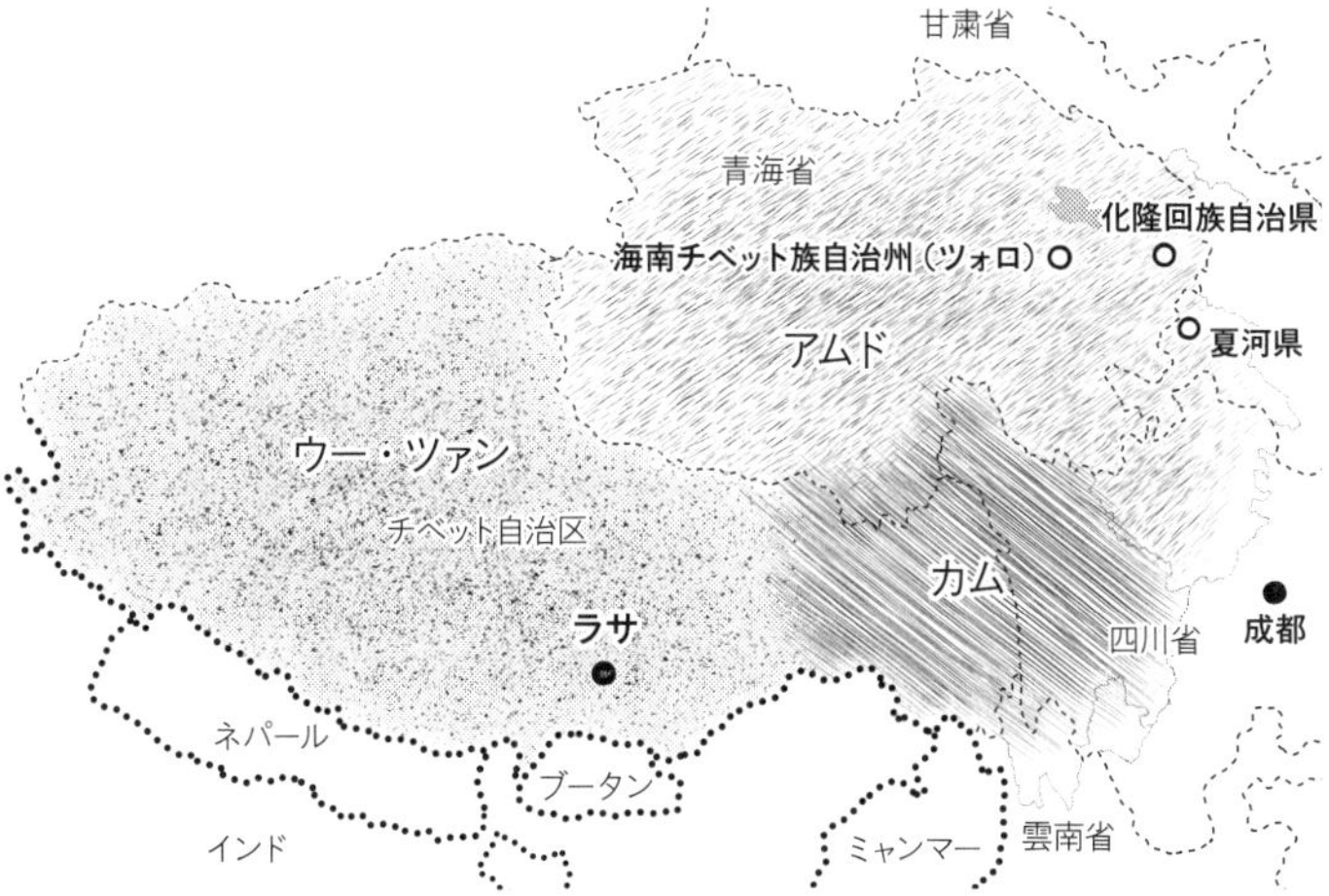

© OpenStreetMap contributors
参考：ダライ・ラマ法王日本代表部事務所HP

チベット高原は、中国の南西部に位置し、チベット自治区、青海省全域、甘粛省・四川省・雲南省の一部からなる。総面積は約250万平方キロメートル、平均海抜は4000メートルを超え、「世界の屋根」と呼ばれる。七世紀にソンツェン・ガンポ王が統一し「吐蕃王朝」を打ち立てた地域で、チベット仏教や文化のつながりから、この一帯が「チベット」であると認識されている。文化や方言の違いで三地方に分けられ、チベット自治区などの中央エリアを「ウー・ツァン地方」、青海省などの東北エリアを「アムド地方」、四川省などの東エリアを「カム地方」という。ドゥンドゥップ、ラモ・ツォともに東北エリアの「アムド地方」出身で、ドゥンドゥップは青海省の化隆回族自治県、ラモ・ツォは甘粛省の夏河県の生まれ。

監修　三浦順子

ブックデザイン　仁木順平

装画・地図作成　蔵西

＊扉の写真は、出会ったばかりの頃のドゥンドゥップとラモ・ツォ。ラサにて、ポタラ宮を背景に。

パンと牢獄——チベット政治犯ドゥンドゥップと妻の亡命ノート

プロローグ

男は、これから語られるであろう内容とは裏腹に、穏やかな表情を浮かべていた。

「亡命の計画を実行に移したのは、二〇一七年二月でした。私は故郷のある青海省《せいかい》と四川省の大都市・成都《せいと》を行き来しながら、公安を煙《けむ》に巻いたのです。そして、機が熟しました。私は、〝私〟である証拠をすべて隠滅し、着の身着のまま中国から脱出したのです」

二〇一八年八月。じりじりと照らす日差しが痛いくらいだったその日、私は、アメリカ、ミネソタ州ミネアポリスにいた。ひとりの男の独白を、撮影するためだった。

カメラのファインダー越しに見るその人は、淡々と語りつつ、眼光だけは異様に鋭かった。真実を話しているのか、それとも嘘《うそ》が混じっているのか。判別がつかぬまま、私はほとんど表情の変わらない男の顔を凝視していた。歴史的な事柄をインタビューできるという興奮と緊張からカメラを握る手は震え、汗がにじんでいた。背筋にすっと汗が流れる。暑さのせいなのか冷や汗なのか、それすらもわからなかった。私は意識的に深く息を吸い、ゆっくりと吐くようにつとめた。そうでもしないと、呼吸することさえ忘れてしまいそうだったのだ。

男は、続ける。

「順を追って、お話ししましょう」

独白は、いまだ世界中のどのメディアにも語られていないことだった。男は警戒心が強く、取材を受けても詳細をはぐらかしてきたからだ。しかしこのときは、日付から男の一挙手一投足までつぶさに語られた。男は並外れた記憶力で、頭の中にすべてを叩き込んでいたのだ。

この独白を、日本人の私がなぜインタビューできることになったのか——。


その八ヶ月前、二〇一七年十二月二十五日。アメリカ、サンフランシスコ国際空港。

「メリークリスマス!」恋人同士だろうか、サンタクロースに扮した男性が、ゲートで待っていた女性に駆けより抱き合っている。人目をはばからず、キスをする二人。

空港の到着ロビーは、いつにもまして騒々しく、再会を喜ぶ人々の笑い声が響いていた。クリスマス休暇の高揚感からか、外は肌寒いというのに、半袖Tシャツ姿の人が多い。空港全体も、赤やゴールドに彩られ浮き立っていた。そんな人だかりのなか、ぽつねんと座り込んでいる女がいた。体の大きい薄着の欧米人と比べ、華奢《きやしや》な体にセーターを着込んだアジア系の女。

つぶらな目に、すっとのびた鼻筋。端整な顔立ちをしている。

女の名は、ラモ・ツォといった。中国の甘粛省《かんしゅく》チベットエリア出身のチベット人だ。右も左もわからぬまま入国のゲートをくぐったのは五年前。国際空港は今も馴染《なじ》みがない。隣には、そっくりな顔をした息子が寄り添い、不安そうな母の背中をさすっていた。前方には、待ちくたびれたのだろう、地べたに体育座りをした子どもが三人。時おり母の様子をうかがいながら、欠伸《あくび》をしたりスマートフォンをいじったりして時間を潰していた。

「待ち人」の到着予定時刻から、すでに二時間が経過していた。かたわらで幾組もの恋人たちや家族たちの感動の再会に立ち会い、その度に一番下の娘が、横目でちらりと見ては、深いため息をついた。「待ち人」は、ほんとうに姿をあらわすのだろうか……。娘の手には、徹夜でつくった折り紙の花束が握られている。その花束も、長時間ぎゅっと握られた圧と汗で、萎《な》えになっていた。

「パラ！（お父さん）」

何語かもわからぬ言葉が、ロビーに響き渡った。土産話《みやげばなし》をしていた欧米人たちが会話をやめ、女の子に目をやる。紙の花束を持った声の主は、「進入禁止」の看板をひょいとすり抜け、脇目もふらず駆け出した。その先には、ひとりの男が立っていた。小柄だが、腕や肩ががっしりした屈強な男。瞳は潤み、驚きなのか安堵《あんど》なのか、まるで初めて世界を目にしたような、不思議な表情をしていた。男がおもむろに歩を進めようとするやいなや、娘二人が胸に飛び込んだ。三人は、しっかりと抱き合う。男の顔が歪んだ。今にも泣き出しそうだ。すると、娘たちの後ろからラモ・ツォが近づいてきた。目に涙をため、ゆっくりと歩み寄る。二人の娘を抱きしめていた男は、手を広げ、妻をも抱きよせた。その瞬間、ラモ・ツォは嗚咽《おえつ》し、泣き崩れた。気づけば、にぎやかだった空港は、しんと静まり返っていた。

男の名は、ドゥンドゥップ・ワンチェンという。二〇〇八年、北京オリンピック開催直前に、「五輪について、どんな思いを抱いているか?」をチベット人に問うドキュメンタリー映画『恐怖を乗り越えて』をつくったことで中国当局に逮捕された。罪状は国家分裂扇動罪。刑期は六年だった。

映画は、皮肉にも監督であるドゥンドゥップが政治犯として逮捕されたことで注目を集め、チベット支援団体が中心となり世界中で上映される。彼の釈放を求める運動は、二〇〇八年から盛り上がりをみせた、中国に対する「フリー・チベット」抗議活動の中枢として位置づけられるようになった。さらに、ドゥンドゥップは獄中にいながらにして、二〇一二年、米ニューヨーク・ジャーナリスト保護委員会から「国際報道自由賞」を授与され、世界に広く名が知られていった。しかし有名になればなるほど、チベット人は中国国外へ亡命することが困難になる。二〇一四年に釈放された後も、中国当局からの監視が続き、ドゥンドゥップは自宅軟禁状態だった。

そんな彼の米国到着のニュースは、驚きをもって世界を駆けめぐった。「ニューヨークタイムズ」は、ドゥンドゥップの亡命劇を、《中国からの〝苛酷な〟逃亡の末、米国に亡命》と記した。「ガーディアン」は、《〝危険な〟脱出の後、米国で歓迎された》と報じ、各紙クオテーションマークを入れて〝苛酷〟や〝危険〟を強調した。

「数年かけて、私は初めて、自由と安全を味わっている。私は妻と子どもを再びこの手で抱きしめることができ、すべての人に感謝したい。しかし私は、故郷チベットを去ったことへの痛みも感じている」

(Filming for Tibet HP Press Release 2017/12/28　訳：筆者)

家族は、実に十年ぶりの再会だった——。

ドゥンドゥップが投獄されているあいだ、子ども四人を支え続けてきたのが、妻のラモ・ツォだった。中国の田舎町で育った彼女は、夫の逮捕をインド滞在中に知った。そして、突如として〝政治犯の妻〟となり、故郷に帰れない流浪の身となった。彼女はそのままインドへの亡命を余儀なくされたのだ。

そんなラモ・ツォと私は、チベット難民が暮らす町、インドのダラムサラで出会った。当初、ダラムサラを舞台にドキュメンタリー映画を撮ろうとしていた私は、ラモ・ツォを〝可哀想な難民〟のひとりとして被写体にしようとした。しかし彼女は、私の狙いを華麗に裏切っていく。自身の置かれている状況に打ちひしがれることなく、難民のままダラムサラを飛び出し、スイス、アメリカへと縦横無尽に渡り歩いていくのだ。そのダイナミックに道を切り拓《ひら》いていくラモ・ツォの姿に取り憑《つ》かれ、いつの間にか私は、十年ものあいだ彼女を追い続けることになる。
そして、あの独白を目の当たりにする。

ラモ・ツォはさらりと言う。

「もし、夫が映画をつくってなかったら……なんて考えない。今は今しかないのだから」

学校へ通ったことがなく読み書きのできないラモ・ツォは、過去を呪うでも未来に絶望するでもなく、今を生きていた。今と誠実に向き合い、今を等身大で生きていた。そうして彼女は、十年の歳月を経て、奇跡的にアメリカで夫ドゥンドゥップと再会を果たしたのだ。

ラモ・ツォとドゥンドゥップが、引き裂かれた十年をどのような思いで、どう過ごしてきたのか。二人の数奇な運命を辿《たど》ることはまた、六十年前に始まるチベット難民の悲しい歴史を辿ることでもある。そして、何らかの理由によって突然に「日常」を奪われてしまった人々の生き様を、個の物語として目撃することでもあった。

物語は、私とラモ・ツォが出会った、二〇〇九年、インドのダラムサラから始まる――。

第一章

路上でパンを売る人

筆者と初めて会ったときのラモ・ツォ（2009）

ラモ・ツォとの出会い

うねるような山道をバスで進んでいくと、白銀の峰々が間近に迫ってくる。五千メートル級のヒマラヤ山脈を背にした小さな集落には、赤やオレンジなど色鮮やかな屋根をした洋風の家が並び、こんもりとした緑深い山にへばりついていた。ひんやりとした風が頬《ほお》をなでる。ほんの数時間前にいた、湿った空気にまじるスパイスの香りと、じっとしていても汗がにじむほどの蒸し暑さをやりすごしていた場所と同じ国とは思えないほど、空気も風景もきりりとしている。インドの首都、デリーから北へ五百キロほどに位置するダラムサラに到着した。

標高千八百メートルの山間《やまあい》にあるこの小さな町は、ある人々のあいだで憧れの地となっている。なぜなら、ここにはチベット亡命政府があり、チベット仏教の最高指導者ダライ・ラマ十四世が暮らしているから。そのため町は、インドであるにもかかわらずインド人よりもチベット人が多く暮らし、チベット仏教の寺院があり、スパイスではなくチベットの寺院特有のお香のかおりがした。

「タシデレ（おはよう）」

デリーでは、誰もが「ナマステ」といっていた挨拶の言葉も、この場所ではチベット語が日常会話で飛び交う。耳をすますと、道すがら静かに経を唱える人々の声が聞こえてきた。

私がこの町を訪ねたのは、二〇〇九年八月。雨季まっただ中で、太陽がほんの少し顔をのぞかせたかと思うと、たちまち雲がわいて、文字どおりバケツをひっくり返したような雨が降る。ダラムサラは、インドの中でも一、二をあらそうほど降雨量の多い町だ。ひとたび降り出すと、スコールのような大雨が数時間も続き、道は小川のようになった。

そんな雨の降る肌寒い朝、町の中心部にある交差点の片隅で、ひっそりと傘をさし座っている女性がいた。ビーチパラソルのような大きな傘の下には、手のひらサイズの平べったい丸いパンが並んでいる。

「チベッタン・ブレッド。ワン、ファイブルピー」

物珍しそうにのぞきこむ私に、片言の英語とジェスチャーで話しかけてきた。少し照れながら、しかし目はまっすぐこちらを向いて物怖《ものお》じしない姿が印象的だった。パンは焼きたてのようで、湯気がたち香ばしい匂いがした。

「ワン、プリーズ」

人差し指を立て一枚頼む。すると彼女は、

「ワン？　トゥー？」

と、いたずらっぽく笑いながら、もう一枚買うようにせがんできた。小腹が空いたときにでも食べるかと、しぶしぶ中指も立て二枚注文した。十ルピー（約十五円）を払い、近くの茶屋でチャイと一緒にパンをいただく。よく捏《こ》ねられているのだろう、モチモチと歯ごたえがあり、小麦粉だけの素朴な味わいが引き立った。帰り際、同じ交差点を横切る。振り返ると、彼女はまだ同じ場所で、同じように傘をさしパンを売っていた。

それが、私とラモ・ツォとの出会いだった。

あの路上でパンを売っている女性が「ワケあり」だと耳にしたのは、それからすぐのことだった。ダラムサラ在住の日本人から「こんな動画があるよ」と教えてもらったのだ。タイトルは「Lhamo Tso Behind the Sea（＝ラモ・ツォ、悲しみの湖をわたって）」。チベット難民の女性の自立支援をする団体「チベット女性協会」によってつくられた十三分ほどの映像だった。ラモ・ツォの夫であるドゥンドゥップ・ワンチェンが中国当局に政治犯として逮捕された後、残された家族たちにインタビューしたものだ。このときダラムサラには、ラモ・ツォと子ども四人、ドゥンドゥップの両親、ラモ・ツォの姪《めい》がすでに亡命をしていた。冒頭では、ラモ・ツォがどんな思いでパンをつくり、売っているのかが語られている。

「……ダラムサラでパンをつくっているのは家族が多く、みんな二、三人でやっています。私はたったひとりでつくっているので、心が重い。同じようにパンを焼いている近所の家からは話し声や笑い声が聞こえてきます。彼らは遊びながら、笑いながらパンをつくっているんでしょう。そう思うと、ドゥンドゥップ・ワンチェンのことを急に思い出すのです……」

夫の逮捕により故郷に帰る道は閉ざされ、たったひとりで家族七人を養っているラモ・ツォ。

ときに涙を流しながら、自身の心情を吐露し、夫の置かれている理不尽な状況について訴える。

「……夫は健康な人間だったはずです。刑務所のひどい環境と拷問のせいで、B型肝炎を患ったに違いない……」

ラモ・ツォたち家族のもとには、ドゥンドゥップが監獄でB型肝炎を患っているという報が届いていた。しかも、適切な医療措置を受けることもできずにいるという。インタビューでは、父を案じる幼い長女も登場する。そして最後に、ラモ・ツォから夫へのメッセージが語られていた。

「あなたのしたことは正しいことです。だから早く解放されると信じて大勢の人が助けてくれます――近いうちに自由になれる。正しいことをしたのですから、勇気を出して挫《くじ》けないでください」

この映像を初めて見たとき、中国で政治犯として不当に逮捕された人間と、残された家族の深い悲しみや憤り、やり場のなさに心を揺さぶられた。しかし同時に、うっすらと違和感もおぼえた。もちろん、ラモ・ツォの置かれている状況には、想像を絶する悲しみや苦労があるはずだ。しかし、私が道端で出会った物怖じせずパンを売る彼女の姿と、どうしても重ならなかった。例えば、ラモ・ツォがひとりでパンを売ることについて、彼女の姪がインタビューで語るシーン。

「……ふつうは一家を養うのは父親です。でも、今は彼女がひとりでみんなを養っている。だから私には彼女が殉教者に見えるのです……」

映像にうつるラモ・ツォは、悲愴感ただよう〝可哀想〟な政治犯の妻。しかし、その姿は、彼女の真の姿なのだろうか。私には、彼女の凛《りん》とした瞳の奥に、忍耐だけではない揺るぎない生命力と希望の燭光《しょっこう》が宿っているように見て取れたのだ。この違和感の正体をたしかめたい衝動に駆られ、私は、ラモ・ツォにカメラを向けることにした。

上に政策あれば、下に対策あり

「西洋では、あらゆる意味で頂上を極める人が英雄。私たちの理想は自我を捨てること。目立つことが重要ではないの」

映画『セブン・イヤーズ・イン・チベット』（一九九七）で、主人公のオーストリア人登山家が自身の功績を自慢気に話したことに対し、チベット人女性が冷たく言ってのけた言葉。チベット仏教の考えでは、他者と競ってのし上がるよりも、自我を捨てることに重きを置くという象徴的な台詞だ。

高校受験に向けて夏期講習まっただ中だった夏休み、自宅のテレビから放たれたこの言葉に胸をつかれた。〝受験戦争〟という名の、他人と競い合わなければいけない場に身を置いていた私は、「自我を捨てる」とはどういうことなのか、それを理想として生きる人々は、いったいどんな暮らしをしているのだろう、この目で見てみたい、と強く思った。画面には、どこまでも続く荒涼とした山並みを背景に、小豆《あずき》色の袈裟《けさ》をまとう僧侶が祈りを捧げている。なんて美しい光景なのだろう……。このとき、一瞬にして「チベット」に心をつかまれてしまった。いつか、チベットへ行こう。私にとって「チベット」という地名が、憧れの言葉になった。

〝世界の屋根〟ヒマラヤ山脈の北に位置する「チベット」は、一九五九年、中国共産党（＝中共）の統治が及び、最高指導者ダライ・ラマ十四世がインドへ亡命。その後、中共によってチベット自治区、青海省、甘粛省・四川省・雲南省の一部に分割統治された。当時の私は、チベットがここまで複雑な状況であることは知らず、「チベット」といえば、かつてダライ・ラマ十四世が暮らしていた宮殿のある「チベット自治区」を頭に思い描いていた。

その憧れの地へ初めて足を踏み入れたのは、二〇〇七年の三月。大学の卒業旅行で、たったひとりバックパックを背負っての旅だった。大学生活の四年間、チベットへの想いはいつも頭の片隅にあったものの、高山病への不安や個人旅行が禁止されていたこともあり、なかなか重い腰が上がらなかった。しかし、大学生活の最後、どうしても直《じか》に訪ね、人々の暮らしに触れてみたいという思いが捨てきれず、腹をくくって旅立ったのだ。そのため意気込みすぎて学生のバックパッカーにありがちな無謀旅行を計画。個人旅行は禁止されているにもかかわらず、裏ルートから個人で入境し、ローカルバスにごとごとと揺られながら、ひとりで村を転々と回った。公安が抜き打ちの検問にくると、地元の人が座席の下に私を隠してくれた。不安な表情を隠しきれない私に、ニカーッと笑いかけてくれるチベット人。決まってどこかの歯が一本抜けていて、そのチャーミングな笑顔が、はりつめた空気を和らげてくれた。

当時のことは今でも、空気も匂いも、握手した老婆の手の皺《しわ》の感覚まで鮮明に思い出せるほど、脳裏に焼きついている。蒼蒼《そうそう》とした空に映える五色の旗。経を唱えながら、聖なる山へ祈りを捧げる人々。寺からは子守唄のような心地いい読経が響きわたり、巡礼に疲れた人が道端に座り優雅にお茶をすする。異邦人の私を見つけると、呼び止めてお茶に誘ってくれた。片手には大きな花が描かれたカラフルな水筒、もう片方の手にはサイコロの形をした硬くて白いチーズを持って。息を吸うだけで肺の奥まで凍ってしまいそうな寒さのなかで、水筒から注がれたバター茶が体の芯まで暖めてくれた。チーズは、嚙《か》めば嚙むほど味がしみでて、口の中でほろほろと柔らかくなっていく。チベットで過ごす時の流れのように、優しく懐かしい味がした。

しかし、決まった時間になると雰囲気は一変した。一日の終わり、陽の沈む前にやって来る中国当局のパトロールの時間だ。雄大な自然のなかに、ぽっと浮かぶ白と黒のコントラストの車。その赤いランプの光は、周囲を一瞬にしてぴしゃりとはりつめた空気にさせた。

この場所には、秘密が隠されている――。チベット人の屈託のない笑みの裏に隠された〝本音〟を感じるようになったのは、しばらくしてからのことだった。

「秘密よ……」

右手の人差し指を唇にあてて、ジェスチャーで「秘密」のポーズをとる尼僧のペマ。ある小さな村の寺で仏教の修行をしている少女は、人懐こい笑顔で私を小さな部屋に招き入れた。おもむろに部屋の片隅にあるタンスの扉を開ける。すると、扉の裏側にダライ・ラマ十四世の写真があらわれた。当時も今も、ダライ・ラマ十四世の写真を持つことは禁止されている。ハッと驚いた私にいたずらっぽく微笑《ほほえ》むペマ。再び人差し指を唇にあてると、すばやく扉を閉めた。

こんな出来事もあった。チベット自治区の首都ラサで、ダライ・ラマ十四世がかつて夏の離宮として利用していたノルブリンカを観光していたときのこと。歩き疲れた私がベンチで休んでいると、背を丸めた老婆が歩み寄ってきた。目に涙をため、私に向けて手を差し出している。物乞いだろうか……。しかし、様子が違った。周囲の目を気にしながら、切実そうな表情をしている。もごもごと口を動かし、小さな声で何かを伝えようとしていた。

「フォト、フォト……」

写真……。脳裏をかすめたのは、ガイドブックの補足情報に小さな文字で書かれていた注意事項だった。

「街を歩いていると、ちょっと人目の少ないところで『ダレーラマ、フォト』と声をかけられることがあるかもしれません。それは、ダライラマの写真を持っていたら譲ってほしいと、あなたにこっそり頼んでいるのです。（中略）人々のダライラマに寄せる思いを知れば、写真の要求にできる限り応じたくなります。たった1枚の写真が、彼らの心に大きな満足をもたらすだろうと容易に想像できるからです。ダライラマの写真を渡すのが外国人にとっても違法であることを知った上で、持っている写真をあげるかどうか決めるのは、ご自身の判断でよいと思います。ただその1枚が生むその後の影響にも、思いを及ぼす必要があります。受け渡しがあったことが第三者に知れたら、写真を受け取った人の違反的行為と判断される可能性があります。国家への反逆だと解釈されるかもしれないということです」

（『旅の指さし会話帳65　チベット』）

この老婆は、ダライ・ラマ十四世の写真を求めているのかもしれない……。このとき私は、旅先で出会った韓国人の旅行仲間から「お守りにしたらいいよ」と、ダライ・ラマ十四世の写真を一枚もらい、ウエストポーチの裏ポケットに忍ばせていた。この写真を渡したら、彼女に迷惑がかかるかもしれない……、私自身が逮捕されるかもしれない……、あるいはこの老婆の行動は罠で、疑わしき者をあぶり出すための囮《おとり》かもしれない……。さまざまな可能性が頭をよぎり、逡巡《しゅんじゅん》した。しかし彼女の切実そうな目、こぼれ落ちる涙が嘘とは思えない。静かに写真を取り出し、手渡す。老婆は大粒の涙をこぼしながら、まるで聖杯を受け取ったかのようにゆっくりと頭上に写真を持ち上げ、額にそっとつけた。そして、何度も頭を下げながら、その聖なる写真をすばやく胸にしまった。いつの間にか、どこにでもいる普通の「散歩する老婆」に戻っていた。

こうした出会いを経て、彼ら彼女らの胸の内には、容易に口に出すことができない黒い恐怖が影を落としているように感じるようになっていった。屈託ない笑顔で、困っている者に手を差し伸べてくれる優しい人々。こうした綺麗《きれい》な言葉では片付けられない、重苦しく暗い影だ。

チベットでは、一九五九年に中国共産党の統治が及んでから、信仰の自由をはじめ、チベット語の教育やチベット独自の文化への弾圧が続いていた。人々は、信仰を禁じられたダライ・ラマ十四世のことを〝太陽〟という隠語で慕っていたのだ。

そして、事件は起こった。この黒い恐怖が、私にも忍びよってきたのだ。自業自得だった。旅も終わりに近づき、四川省にある成都《せいと》双流《そうりゅう》国際空港を経由して帰国しようとしたときだった。空港での荷物検査で引っかかってしまったのだ。原因は、ある映画のＤＶＤだった。ダライ・ラマ十四世の半生を描いたマーティン・スコセッシ監督の映画『クンドゥン』（一九九七）をうっかり持っていたのだ。このとき、私はチベットへの旅を終え、ネパールで観光をした後、中国経由で日本へ帰国する予定だった。ネパールでは、中国で禁止されているダライ・ラマ十四世関連の本や映画のＤＶＤを入手することが容易である。チベットの旅を終えていた私は、ついつい緊張の糸が切れ、中国では入手できない商品を大量に購入していたのだった。

バックパックから、このＤＶＤが姿をあらわした瞬間を今でも鮮明に思い出せる。検査官の顔が、みるみる鬼の形相に変わっていった。すぐに般若《はんにゃ》のような顔をした公安がやって来て、私は別室に連れて行かれ、パイプ椅子に座らされた。まるで刑事ドラマに出てくる取り調べ室のような狭くて無機質な部屋だった。部屋に入るやその男性は、激しい剣幕で、中国語で怒鳴りつけてきた。片手にＤＶＤを握りしめ、時おりジャケットにうつるダライ・ラマ十四世らしき役者を指差しては怒鳴った。

「私は、ただの学生です。何もわかりません。この映画についても、何も知りません。この人（映画の主人公）が誰かもわかりません」

咄嗟《とっさ》に出た言葉だった。幼気《いたいけ》な学生を装い、この言葉をくり返した。すると、怒号はだんだんとおさまり、一枚の紙が目の前に差し出された。すべて中国語で書かれ、意味はまったくわからない。

「サインしろ」

空欄を指差し、私にサインを命じる。渋る余裕もなく、内容も一切わからぬまま、半ば強制的にサインをさせられた。もちろん、パスポート番号もしっかりと記録された。私にさんざん怒号をあびせた公安の彼は、私のサインを確認すると満足そうに頷《うなず》き、持っていたＤＶＤを目の前でゴミ箱に叩き捨てた。

「よし、行っていいぞ」

帰国後、中国人の友人に、渡された紙の写しを見せた。「けっこう重い罪だよ。無事に帰国できて良かった」と心配そうに言われたときは、全身に鳥肌が立った。

チベットには二つの顔があった。ひとつは、広大で美しい自然のなかで、敬虔《けいけん》な仏教徒が暮らす聖なる場所という顔。しかし、ひとたびその綺麗なベールがはがれると、そこには人々の悲しみや怒り、物言えぬ恐怖が潜んでいた。しかしチベット人は、そんな状況でも飄々《ひょうひょう》とやりすごし、ときにいたずらっぽく笑う。旅人を助け、手を差し伸べてくれる。彼らの底知れぬ逞《たくま》しさと竹のようなしなやかさに惹《ひ》かれるようになっていった。「自我を捨てる」だけではなく、もっと人間らしく奥深いものがあるのではないか——。

チベットの旅のガイドブックには、中国に昔からある諺《ことわざ》を引用し、中国とチベットの関係が、象徴的な言葉で書かれていた。

「上に政策があれば、下には対策がある」

どんな厳しい環境でも、生き抜く知恵を持つチベット人のしたたかさ。彼ら彼女らの生き様には、難民や移民が海を渡ってやって来るデラシネ(=漂流者)の時代を生きる私たちへのヒントになるのではないか。

このとき、チベット人を主人公にしたドキュメンタリーを撮影してみたいという思いの種が、私の心に蒔《ま》かれた。そしてその二年後、ラモ・ツォに出会ったことで、この種が芽吹いていく。

ラモ・ツォの一日

目を覚ますと、部屋の中はまだ真っ暗だった。そろりと携帯電話に手を伸ばし、布団の中で時刻をたしかめる。デジタル時計はAM1：40を示していた。インドの得体の知れない虫に咬《か》まれたのだろうか、体中がむず痒《がゆ》かった。隣で寝息をたてている彼女を起こさないよう、そろりそろりとデジタルカメラに手を伸ばし、撮影の準備を始める。彼女とは、もちろんラモ・ツォだ。パンを売る彼女と出会ってまもなく、パンづくりを撮影したいと口説き落とし、前日の仕込みから密着撮影させてもらっていたのだ。

ラモ・ツォの生活は孤独だった。子どもたちや姪は寄宿舎にあずけていたため、ひとりで生活をしていた。自宅は、コンクリートでできた小さなアパートの一階。昼でも日差しの入らない暗い部屋で、壁には黒いカビがはびこっていた。トイレは共用で、部屋は六畳ほどの居間と一畳ほどの台所のみ。その部屋で、ラモ・ツォはひとり食事をし、パンを仕込み、眠りについていた。

ピピピピッ。

静寂を切り裂くように目覚まし時計の音が鳴る。さっきまで気持ち良さそうに寝息をたてていたラモ・ツォが、その音の主に手を伸ばす。時計の針は、午前二時を指していた。部屋の灯りをつけ、大きな樽《たる》にためていた水で顔を洗う。肩まで伸びた髪を無造作にひっつめ、パンパンと軽く頬を叩いた。

ラモ・ツォの朝は、大忙しだ。町が寝静まっているうちに起床し、太陽が昇る前には、焼き上がったパンをお店に並べなければいけない。昨晩のうちに仕込んでいた、直径六十センチほどの樽いっぱいにあるパンの種を台所に広げ、全体重をかけて力いっぱい捏ねあげる。

「この作業を怠るとパンは不味《まず》くなる。だからどんなに疲れていても手を抜かないの」

パンの種との格闘は十分も続く。額から汗がにじみ、息も荒くなっていた。

ラモ・ツォがつくるパンは、彼女の故郷チベットのアムド地方で食べられていることから、町の人から「アムド・パレ」と呼ばれていた。小麦粉と水だけを使うシンプルなもので、お椀サイズの平べったくて丸いパン。モチモチとしてほのかに甘く、チベット人にとって定番の朝食だ。ラモ・ツォは、自分がつくる「アムド・パレ」が、町で一番美味《おい》しいと自負している。

ダラムサラで商売を始めた当初は、このパンを上手につくることができなかった。形がバラバラで食感も統一できず、いつも売れ残ってしまっていた。しかし研究に研究を重ね、絶妙な歯ごたえと甘みをもつ自家製パンを完成させ、ついには寺院から大量発注を請け負うほどの腕前になったのだ。

ラモ・ツォは、捏ね上げた生地を丸く型にぬき、熱々になった手製のかまどの上に軽快な手さばきで並べていった。

「オンマニペメフム」

パンを捏ねるときも、かまどにパンを並べるときも、ラモ・ツォは黙々とチベット仏教の経を唱えていた。現世という〝苦しみの大海〟から出て、悟りを開く助けとなる観音の真言。鼻歌を口ずさむのとはまた違う、真剣な面持ちでくり返している。ただ台所仕事をしているだけというのに、なぜかラモ・ツォのまとう空気が神聖なものに見えた。彼女の手からつくり出されたパンには、〝祈り〟というスパイスが込められているようだった。

空が白みはじめ、小鳥のさえずりが聞こえてきた。ラモ・ツォは、焼き上がったパン百枚をぎゅうぎゅうにカゴに敷きつめ、背に担《かつ》ぐ。二段に重ねられたカゴは、彼女の背を優に超えるほど大きかった。

「ワオーン」

犬の遠吠えを背に、くねくねとした坂道を上るうちに、ラモ・ツォの顔が苦しそうに歪んできた。彼女を追いかけてカメラを回す私も、思わず呼吸が荒くなる。カメラのマイクに入らないよう、必死で息をこらえた。山を切り拓いてつくられたこの町は、急勾配の坂が多いのだ。町の中心部にあるバス停に到着する頃には、太ももの筋肉が熱く強張《こわば》っていた。

ラモ・ツォは、バス停の角に腰をおろし、カゴをテーブル代わりにパンを広げた。時計の針は、朝の六時を回っていた。

「この場所に店をかまえるのは、夫がチベットからバスでやって来たとき、すぐに迎えることができるからよ」

真剣な顔つきで説明する彼女に、私は少し戸惑った。夫であるドゥンドゥップは、このときまだ裁判中だったが、自分で弁護士を選択することもできず、釈放への望みは薄かった。しかしラモ・ツォは、毎日バス停の前でパンを売りながら、夫が釈放され、ダラムサラへの亡命が成功すると信じていたのだ。

「おはよう。今日の出来はどう?」

隣りに座った同業の女性が、ラモ・ツォに話しかけた。

「まぁまぁ。そっちはどう?」

女性は笑って、自分のパンを広げて見せる。この道には、同じようなパン屋が距離も置かずに並んでいた。多いときは、三人、四人。でも、それはトイレなどの理由で店を少し離れるとき、店番を頼める友人がいるだけのことだった。他者と競うはずの商売でも、彼女たちに「競合」という言葉はなかった。

しばらくすると、ラモ・ツォはポケットから小さな本を取り出し、何かを音読し始めた。

「わたしの出身は、チベットです」

照れくさそうに、英語の発音を小さな声でつぶやく。本には英文が書かれ、その発音がローマ字で、意味がチベット語で書かれていた。

「私は学校へ行ったことがないから、チベット語の読み書きもできないの。だから、チベット語で書かれている意味もわからなくて……」

恥ずかしそうに話す姿とは裏腹に、熱心にテキストを見つめ発音を続けている。ラモ・ツォにとって、パン売りという仕事は、英語もインドのヒンディー語もわからないなか、この亡命先でできる唯一の仕事だった。パン一枚で五ルピー（約七円）。すべて売り切れば五百ルピー（約七五〇円）になる。それだけあれば二日分の食費になった。

「パンをください。五枚鞄《かばん》に入れて」

小豆色の袈裟を着た僧侶が、背負っていた鞄をラモ・ツォに差し出した。

「これから巡礼ですか？」

受け取った鞄にパンを詰めながら、ラモ・ツォが質問する。僧侶は、笑顔で首を横に振って応じた。インドでは、首を横に振ることが「イエス」の意味となる。二十五ルピー（約四十円）を受け取り、鞄を返した。巡礼に向かう僧侶の背中を羨ましそうに見送るラモ・ツォ。手に持っていた数珠を指でつまぐり経を唱える。ここでもラモ・ツォは、時間を見つけて祈りを捧げていた。

「パンを売りながら、勉強もできるしお祈りもできるの」

自慢気に私に教えてくれた。

町の一日は、祈りから始まる。太陽が顔を出すよりも先に、町の中心の寺には巡礼者が集う。「リンコルロード」という寺を外周する聖なる道は、祈りを捧げる人々で渋滞がおきるほどだ。巡礼者は、道すがら経が書かれた「マニ車《ぐるま》（経が書かれた紙が中に入った筒状のもので、一回回すと、一回経を唱えたことになる仏具）」を回し、「サン」と呼ばれる香を焚《た》く。サンは、高山植物の葉や花びらをブレンドした粉状の香で、山神などを供養するために用いる。頭上には、青・白・赤・緑・黄色の五色の祈禱旗《タルチョ》がたなびく。旗には馬の絵が書いてあり、その馬は風にのって願いを届けるといわれていた。ちりんちりんと規則的なリズムで鳴るマニ車の音、吟遊詩人のように道ゆく人が唱える経、サンの香りと空に舞う白い煙に、五色の旗。そのすべてが、町の朝を幻想的な世界に仕立てる。寺に入ると、そこかしこで「五体投地（両手・両膝・額を地につけて祈る礼法）」をする人々の姿も。立っては腹這《はらば》いになり、立っては腹這いになりをくり返している。

すべての祈りを終えた人々は、最後に厳重な警備がされている鉄の門の前で、両手を合わせ、深く一礼する。年配になればなるほど、熱心に祈りが捧げられ、ときには地面に額をつけて祈る人もいた。

「どうか、ダライ・ラマ法王にご長寿を」

鉄の門の奥には、〝太陽〟として慕われるダライ・ラマ十四世の住処があった。

チベット亡命者の〝仮の町〟ダラムサラ

一九四九年、毛沢東率いる中国共産党が中華人民共和国の建国を宣言。まもなくして、チベットを「解放」するという名目で、中国人民解放軍が東チベットに侵攻した。このとき、ダライ・ラマ十四世はまだ十五歳、青年へと向かう途中の少年だった。

『ダライ・ラマ自伝』には、当時の「ダライ・ラマ」のことや、どのように十四世が任命されたのかが詳しく書かれている。

十四世が任命された当時のチベットでは、「ダライ・ラマ」が、政治と宗教の最高指導者と位置づけられていた。その「ダライ・ラマ」は、伝統的に先代の遺言・指示や占い師による予言などによって化身《けしん》（＝後継者）が決められていた。

十四世が同定されたのは、一九三七年。神秘的な出来事が次々に起こった。お告げをまとめると――先代（＝十三世）の遺体の頭の向きが、安置期間中に、南向きから北東に変わった（＝北東にいる！）。お告げを求めて聖なる湖を高僧が訪ねると、水面に場所を示すチベット文字「Ａｈ（ア）」「Ｋａ（カ）」「Ｍａ（マ）」が浮かび上がり（＝アムド地方・クムブム僧院だ！）、さらに湖面にトルコ石のような碧青と金色の屋根をもつ三階建ての僧院があらわれ、そこから一本の道が丘に続き、へんてこな形をした樋《とい》のある小さな家があった。――そして、これらすべてがあてはまる場所に「その人」がいたのだ。このとき十四世は、アムド地方タクツェル村（現・青海省海東市）に暮らすラモ・ドゥンドゥップという二歳半ほどの無邪気な幼児だった。

しかし、お告げを頼りにあらわれた「化身捜索隊」に差し出された品物の中から先代の遺品を選び、「それ、ボクのだよ」と言ってのけたという。後に、少年は首都のラサにある宮殿に迎えられ、「ダライ・ラマ十四世」として英才教育を受けることとなった。

人民軍の東チベットへの侵攻は、十四世としてチベットの政治と宗教の最高指導者になるべく育てられている途上での出来事だった。十四世は、チベットの窮状を国連に訴え、諸外国へ助けを求めた。しかし、手が差し伸べられることはなかった。瞬《また》く間に東チベットは陥落し、当時の首都ラサへと脅威が迫ってきていた。

そして一九五九年三月十日、運命のときが訪れる。「中国がダライ・ラマ十四世の誘拐をたくらんでいる」という噂《うわさ》が広がり、十四世を守るため、ラサにある宮殿をチベット人が囲んだ。後に「チベット蜂起」と呼ばれる抵抗運動のはじまりだった。混乱のさなか、十四世はチベットを脱出し、二十一日間かけて、ときに標高五千メートルを超える峠を馬と徒歩だけで越え、インドへ亡命する。せめてチベット人を明るく照らす守護者だけでも生き抜いてほしい。市井《しせい》の人々の願いだった。

チベット蜂起では、八万人以上のチベット人が命を落としたといわれるが、正確なデータは残されていない。そして約十万人のチベット人が、〝太陽〟の後を追ってインド、ネパール、ブータンなど周辺諸国に散り散りに亡命した。彼らは、時をおかずに故郷へ帰ることを想定し、国境近くに「仮の住まい」を築いていった。

「その日は、真っ青な空の下、インド人の警官や見慣れない民族衣装を着た人々が町にあふれていた。〝ようこそ!〟と書かれた垂れ幕が飾られ、楽隊が並んでいてね。好奇心と不安にかられながら、窓の外をのぞきこむと、すぐ下にジープが到着したんだ。すると、紫色の袈裟を着た美しい青年が降りてきた。その途端、民族衣装を着ていた人々が涙を流しながら地面に何度も額をつけた。私は、思わず息を呑《の》んだ。ダラムサラが一変した瞬間だったよ」

当時、五歳だったダラムサラ在住のインド人ネルジーは懐かしそうに目を細めて語る。一九六〇年四月三十日、「世界で最も有名な難民」となったダライ・ラマ十四世が、ダラムサラに足を踏み入れた。チベット亡命政府の拠点をつくる目的だった。

かつてダラムサラは、英国領インド時代に夏の避暑地として栄えていた。教会やカラフルな建物が多いのは、このときの名残《なごり》だ。この町を、悲劇が襲ったのが一九〇五年。大地震に見舞われ、英国人と商人とで賑《にぎ》わっていた町が、土砂で埋もれてしまった。さらに一九四七年、インドが独立すると、英国軍は撤退し町は閑散とした。

ゴーストタウンとなった町に活気を取り戻そうと奮闘していたのが、ネルジー少年の父親N・N・ネルジー。後に「ダラムサラの父」とチベット人から親しみを込めて呼ばれるようになるペルシャ系インド人だった。

N・N・ネルジーは、一八六〇年からダラムサラで雑貨屋「ネルジー・アンド・サンズ」を営む一族の末裔《まつえい》だ。先祖がゾロアスター教徒で、一千年ほど前に宗教迫害を逃れ、ペルシャからインドへ渡って来たという。英国軍が駐留する前から、この地には彼ら一族と、もともとの住人である遊牧民、ガディ族が暮らしていた。

ダライ・ラマ一行がインドに亡命した一九五九年当時、N・N・ネルジーは、なんとかして先祖が築いてきた町を復興させようと、州政府や教育施設に無償で土地を提供するなど努力を重ねていた。そんなとき「チベット難民が居住地を探している」と耳にする。彼は、デリーにおもむき当時のインド首相ネルー氏に直談判。すると、インド政府から「ダラムサラは《閑静で静穏》である」という理由から、チベット亡命政府の拠点にふさわしいと判断された。

ダラムサラの人々をつなぐ道が交差する場所。その片隅に、古めかしいお店がひっそりと佇《たたず》む。入り口には「NOWROJEE&SON（ネルジー・アンド・サン）」と書かれた看板。ラモ・ツォがパンを売る斜向《はすむ》かいに位置する老舗《しにせ》だ。埃《ほこり》っぽい店内は、カラフルな骨董品が並んでいる。英国領時代の名残なのだろう、クッキーや紅茶のキッチュな看板が飾られ、ギンガムチェック柄の蓋《ふた》がついたジャムの空き瓶が置かれていた。「ダラムサラの父」と呼ばれた男の息子が、今も店を守り続けているのだ。

「父は、ダライ・ラマ十四世と深い親交を築いた。だからなのか、町で暮らすチベット人は、父にも握手してくれって寄ってきてね。父まで偉くなったみたいで、おかしかったよ」


ダライ・ラマ十四世の亡命がきっかけで、ダラムサラはかつての賑わいを取り戻した。移住してきたチベット難民たちによって山が切り拓かれ、新しい町が、道がつくられていった。今では、チベット亡命政府の拠点となり、約一万三千人のチベット難民が暮らす。そしてダライ・ラマ十四世の説法を聞きに、世界中から旅行者が訪れるようになった。

「ダラムサラ」は、ヒンディー語で「巡礼宿」という意味だそうだ。まるで未来を予言したかのような地名だ。遠い昔、迫害されたゾロアスター教徒を受け入れ、ときにキリスト教徒の英国軍の避暑地にもなり、現在はチベット仏教徒を迎えている。時をこえ、宗教をこえて、町は息づいている。町全体が、寛容な宿のようだ。

ラモ・ツォが店をかまえるバス停には、毎日のようにチベット難民がやって来て、そしてまた故郷や第三国に旅立っていく。新顔もいれば、突然、誰にも挨拶もせずに姿を消す人もいる。誰もが「仮の住まい」だと受け入れているかのように、望郷の思いを抱きながら次なる住まいを探している。

ラモ・ツォにとっても同じはずだった。しかし、それは儚《はかな》くも崩れてしまった。二〇〇八年、ある報《しら》せが届いてから――。

〝政治犯の妻〟となる

その報せは、突然だった。

「夫が、理由もなく逮捕されたというの。私は、彼が映画をつくっていたなんて、何も知らされていなかった」

このとき、ラモ・ツォはダラムサラに〝滞在中〟だった。

ラモ・ツォが初めてダラムサラの地に足を踏み入れたのは、二〇〇〇年。夫と、息子二人、生まれたばかりの長女をつれて家族五人での亡命だった。ラモ・ツォにとってダラムサラは幼い頃から憧れの場所だった。自由があって、チベットの文化や教育を無償で学ぶことができる学校があるからだ。そしてほかでもないチベット人なら誰もが心をよせるダライ・ラマ十四世が暮らしている。故郷では、写真すら持つことを禁止された〝テロリスト〟だ。初めて謁見《えっけん》したときのことは、忘れられない思い出だ。ずっと頭を下げたまま顔を見ることすらできなかったが、自然と涙があふれた。故郷で〝太陽〟という隠語で表現される所以《ゆえん》を実感したものだ。

「チベット人にとって、一生で一番徳のあることはダライ・ラマに会うことよ。十四世に会うことができると思えば、自然に喜びと勇気がわくの」

初めてのダラムサラ滞在は、ほんの数ヶ月で終わる。息子二人をチベット難民の子どもたちのための寄宿舎にあずけ、夫と長女と、そしてお腹《なか》に宿した次女とともにラサへ帰った。ほんとうは長女も寄宿舎にあずけるつもりだった。けれど、夫が別れを惜しみ、次の機会にすることにしたのだ。この当時、国境の警備は今ほど厳しくなく、中国とインドを行ったり来たりする亡命者は少なくなかった。

当初、ラモ・ツォにとってダラムサラは、子どもをあずけるためだけに〝訪問〟する地にすぎなかった。

彼女が次に訪れたのは、二〇〇六年だった。すでに三人の子どもたちをダラムサラの寄宿舎にあずけていたラモ・ツォは、このとき、四番目のまだ幼い娘を寄宿舎にあずけ、他の子どもたちの元気な姿を見たら故郷へ帰る予定だった。長女は二〇〇三年、五歳のときにドゥンドゥップが亡命させていた。この当時も、中国の国境周辺の取り締まりはそれほど厳しくなかったため、中国とインドを行き来することはさほど難しいことではなかった。

しかし、ダラムサラに着いてまもなく、チベットに残っていた夫から「ダラムサラで合流するから、チベットへは帰ってくるな」という連絡が入る。理由もわからぬまま、ダラムサラで待機していると、一本の電話が入った。二〇〇八年、三月二十一日のことだった。

「ドゥンドゥップ・ワンチェンが逮捕された」

スイスに暮らすドゥンドゥップの従兄弟《いとこ》、ジャムヤン・ツルティムからだった。ジャムヤンは、ドゥンドゥップの行動を唯一把握している海外在住者だ。ドゥンドゥップが最も信頼を寄せている身内であり、同志でもあった。実はこのとき、ドゥンドゥップがチベットで映像を撮影したという事実を知っていたのは、ジャムヤンと一部の仲間たちだけ。そして、その撮影された映像が入ったテープは、すでに秘密のルートを辿ってチベットからスイスに渡っていた。当初、ドゥンドゥップが逮捕された理由は、「何かあやしい行動をしている」ということだけだった。後に、ドゥンドゥップが映りこんでいる映画『恐怖を乗り越えて』が発表され、全貌が明らかになる二〇〇八年八月まで、彼は理由もなく拘束され、軟禁されていたのだ。

夫ドゥンドゥップが何をしているか一切知らされていなかったラモ・ツォは、ジャムヤンから連絡を受け、泣き崩れたという。予兆はあった。夫の仕事は、詳しくは知らなかったが、チベットとネパールの国境を行き来する危険なものだった。さらに「帰ってくるな」という一方的な連絡。胸騒ぎがしていたラモ・ツォは、夫から電話がくる度に「くれぐれも気をつけて」と念を押していた。しかし、不安は現実になってしまった。最後の連絡で、夫はこんな言葉を残していた。

「ここには人権がない。しばらく田舎へ行く」

夫の逮捕の報せを受けてから、ラモ・ツォはショックのあまり食事も喉を通らなくなってしまった。夫の状況を知るために、ダラムサラにいる政府やメディア関係者に聞いてまわったが、詳細は何もわからなかった。そして毎晩のように枕を濡《ぬ》らした。夫が釈放され、ダラムサラまで会いに来てくれる夢までみるようになった。いつも、夫から強く抱きしめられたところで目を覚ます。その温《ぬく》もりが残ったまま、部屋でたった独りだと気づかされ、再び涙を流した。


夫の逮捕から数ヶ月後、彼が撮影したという映画が公開された。スイスの仲間たちが、託された映像を編集し、二十五分ほどの作品に仕上げたのだ。初公開されたのは、かの五輪の舞台である北京のとあるホテル。映画の製作者たちは、現場にはいなかった。製作者に頼まれた欧米人グループが上映会を企画し、少数の外国人記者が招かれ、秘密裏に上映会が開かれたのだ。五輪開会の僅《わず》か二日前、二〇〇八年八月六日のことだった。


映画の冒頭は、ドゥンドゥップが、自らについて語るシーンから始まる。

「私は教育を受けたことがありません。学校へ行ったことがありません。それでも訴えたいことがあります」

映像には、チベットの青海省のどこかの駅舎を歩くドゥンドゥップの姿が映っている。そして、ドゥンドゥップがカメラを回しているのだろう、ひとりの僧侶が登場し、カメラ目線でインタビューに答えていた。

「二〇〇八年の北京オリンピックは、すべての人にとって平和と自由の祭典です。しかしチベット人には平和も自由もありません。ですから、五輪には反対です」

次に、水色のブルゾンを着た遊牧民だろうか、二十代くらいの女性が答える。

「私たちには独立もなければ自由もないので、チベット人が五輪を祝う理由はありません。独立も自由も手にしている中国人が祝うものです。五輪は大切だと思いますが、私は祝えません」

顔をさらしたまま、モザイクなしで答える人々。この行動が、チベット本土（ここではチベット自治区、青海省、甘粛省・四川省・雲南省の一部を指す）でどれだけ危険なことか、その場所で暮らしている彼ら彼女らが最もよく知っているはずだ。しかし誰も気後れすることなく、堂々とカメラの前で意見している。これについて、ドゥンドゥップ自身も映画の中で語っている。

「このフィルムを撮影中、最も困難だったのは、人々と直接対話しなければならないのに、彼らの安全を保障できないことと彼らの同意を得ることでした。……多くの人は、もし私がこの映像をダライ・ラマ法王に献上できるなら、たとえ死ぬことになっても後悔はないと言ってくれました」

映像には、遊牧民や幼い子どもを抱く若い女性、僧や老婆などさまざまな「普通の人」が登場し、遊牧民が強いられている生態移民政策（環境保全のために過放牧を取り締まる目的で、そこに居住する牧畜民を強制的に集団移住させる）や環境問題、チベット仏教への厳しい取り締まりやチベット語が危機に瀕《ひん》していることなどについて、またダライ・ラマ十四世への思慕を赤裸々に語る。映像の中で証言しているのは二十人ほどだが、実際は、百人を超えるチベット人たちへ三十五時間にも及ぶインタビューをおこなったという。こうした取材の旅を終えたドゥンドゥップは、映画のラストに強い口調でカメラに向かって切実に訴えていた。

「私がこの映画をつくったのは、富や名誉のためではありません。希望が持てず、助けを求められないチベット人との約束です。私たちの声に耳を傾け、力になってください」

北京での秘密の上映会は、大成功とはいかなかった。ホテルの部屋に公安が駆けつけ、映画は一度しか上映することができなかった。その上映会を計画した欧米人たちは散り散りに姿をくらました。しかし、上映会のことはすぐにメディアによって世界に発信された。ロイター通信は、その日のうちに記事を出した。

〈チベットの映画、珍しく北京で上映〉
北京五輪についてチベット人がどう思っているか、新しいドキュメンタリーが、プロのチベット人グループによってつくられ、北京で秘密裏に封切られた。映画『恐怖を乗り越えて』は、天安門広場からそう遠くない北京の中心街にある薄汚いホテルの一室で、外国人記者数名の小さなグループにお披露目された。……農業を営むドゥンドゥップ・ワンチェンと仲間であり僧のゴロク・ジグメは、映画の撮影後すぐに拘束されたが、テープだけは国外に秘かに持ち出されていた。

（ロイター通信 2008/8/6　訳：筆者）

記事の中で〝珍しく〟と形容されているように、当時、チベット人自身がカメラを回し、本土に暮らすチベット人の切実な訴えを記録するという行為は、下手をすると命を落とすほど危険なことであり、非常に稀《まれ》なことだった。道端でカメラを構えているだけで逮捕されるような時世だ。さらに、その映像を国外に持ち出し公開するのは、海外へ自由に出ることのできないチベット人にとって至難の技である。しかしドゥンドゥップは、その二つを、中国当局が最も警戒していた北京五輪開催直前にやってのけたのだ。

作品は、スイスから始まり、米国、英国、フランスなど世界中で上映されるほど話題となった。日本でも、その年の十二月、チベット支援団体の主催で初公開され、百人を超える人が集まった。その後、全国で自主上映の輪が広がり、全国三十カ所以上で上映され、五百人以上の目に触れるまでとなった。中国におけるチベット人の置かれている深刻な状況について、世界からこれまでにないほど注目が集まり、人権をめぐる運動が盛んになった。ドゥンドゥップらが秘密裏に進めていた作戦は、撮影した本人たちは拘束されたものの、ほぼ成功したといえよう。

ただひとり、本人の希望とは関係なく、このうねりの渦中に巻き込まれてしまった人物がいた。それが、ラモ・ツォだ。ドゥンドゥップの名と作品が世界中に広まるにつれ、周囲の環境が一変してしまったのだ。

ラモ・ツォがこの映画を初めて観たのは、九月。初公開されてからまもなくのことだった。当初は、あまりのショックで最後まで見ることはできなかった。ただ、こんな映画をつくってしまったのなら、夫と再会することは絶望的であるということだけは理解したという。そしてまた、帰るはずだった故郷へ二度と足を踏み入れられないだろうということも。

しかし、絶望している余裕はなかった。子どもたちやすでにダラムサラに亡命していた義父母を養わなければならなかったし、残された〝政治犯の妻〟として、人前でスピーチをする機会もめぐってきたからだ。ラモ・ツォは、〝政治犯の妻〟として、また〝故郷を追われた亡命者〟として、声をあげていく覚悟を決めた。夫が自由の身となり、再び抱きしめてくれるその日まで。

本音がつづられたビデオ日記

ラモ・ツォとの出会いから二年後の二〇一一年八月、私は、再びダラムサラへ旅立ち、ラモ・ツォと再会を果たした。今度は短期間ではなく、一年ほどチベット語を学びながら撮影をしようと考えていたのだ。

大学卒業後、テレビ番組の制作会社に就職した私は、当時、テレビ番組の予定調和的な制作現場に辟易《へきえき》していた。そこで、会社を辞めて、あらかじめ想定されたストーリーラインのない、コーディネーターに頼らない、制作期限もない、チベットをテーマにしたドキュメンタリーを制作しようと意気込んでいた。日本のテレビ局でチベット問題を扱う番組を制作することは、日中関係への忖度《そんたく》があるので困難を極める。独自で取材を進め、自主制作をするしかないと考えていた。

チベットをテーマにしたドキュメンタリーを撮影しようと考えたとき、ロケ地の選択肢は自《おの》ずと中国のチベット本土ではなくインドのダラムサラになった。それは、中国の空港で起こった事件を引きずっていたからだ。あの事件以来、私は中国へ行ったことがない。

そしてまた、ダラムサラという土地そのものにも惹かれ始めていた。ゾロアスター教、キリスト教、仏教を受け入れる寛容な地。素地にはインド人が信仰するヒンドゥー教もある。さらに、言語も奥深い。ダラムサラでは、すでにチベット難民二世三世が生まれている。すると、本土から亡命してきた者のチベット語とは異なる、チベット語の三つの方言（チベットには三つの地方「ウー・ツァン」「カム」「アムド」があり、それぞれ言語が異なり、すべて方言といわれる）が混じり、さらにヒンディー語の感覚も取り入れられた「ダラムサラ語」が根づき始めていたのだ。

例えば、ダラムサラのインド人は「少し待って」と言うとき「ワン・ミニッツ（一分）」と言う。もちろんインド人の時間感覚で「少し」とは一、二時間くらいを指すのだけれど。これと同様に、ダラムサラで暮らすチベット人も「少し待って」と言うとき、チベット語で「カルマ・チック（一分）」と言うのだ。この表現は、チベット本土では使用されていない。そしてこちらももちろん「少し」は、数時間のことを意味し、この時間感覚までもがインド人と似かよう。

この小さな町には、従来の文化と入り交じった新しい文化がひそやかに芽吹いていた。まるで宗主国と土着の文化が混淆《こんこう》し、独自の言語まで誕生させた「クレオール」のチベット版ではないか。ダラムサラという〈場所〉自体の魅力にものめり込んでいった。

「また来てくれたの!?　元気だった？」

二年ぶりに再会したラモ・ツォは、さらに生きる力が漲《みなぎ》っているようだった。時間を見つけ、デリーで美容師の資格を取得し、英語を学ぶために語学学校へ通い始めていた。ダラムサラには、成人したチベット人のためにも、無料で英語を習うことができる学校がある。ラモ・ツォは、早朝からの授業を受講するため、パンの仕事を辞め、美容師としてときに旅行者の散髪をして生計を立てていた。このときすでに、ダラムサラから別の国へ渡ろうと密《ひそ》かに考えていたのかもしれない。しかし、めったに本音を語ることのないチベット人。とくに外国行きの夢を語るわけでもなく、「職を得るために何かと英語は必要だから」と私には話してくれていた。

ドゥンドゥップは、二〇〇九年十二月に、懲役六年の刑が言い渡されていた。ラモ・ツォは、この二年のあいだ、欧米やダラムサラで開催されたドゥンドゥップの釈放を訴える集会でスピーチをするなど、忙しい日々を過ごしていた。

出で立ちも堂々としたものになっていた。ときに、息子がだらしなくしていると、「お父さんの息子として恥ずかしくないの！　お父さんはチベットのために、今も刑務所で苦しい思いをしているのよ」と、強く叱るほどだった。

そんなラモ・ツォが自慢げに見せてくれたものがあった。それは、海外を訪れた際、飛行機内や訪問先、自分のスピーチを録画していた小さなビデオカメラ。

「いつも自分で撮影しているの。忘れないようにね。カメラは、むかし私を撮影してくれた人がお土産に置いていってくれたものよ」

録画された動画を見ていくなかで、ふと、目にとまった映像があった。カメラ目線のラモ・

ツォが、滔々《とうとう》と何かを語っているものだった。
「日々の出来事を話しているだけの他愛もないものよ。読み書きができないから、日記がつけられないでしょ。だから、映像で記録しているの」
少し照れながら遠慮がちに説明するラモ・ツォとは裏腹に、私はその映像に釘付けになった。すらすらと淀《よど》みなく語る姿に驚いたと同時に、何かを訴えようとしているのか、それとも心情を吐露しているだけなのか、どちらにもとれる不思議な表情をしていたからだった。そしてまたその姿は、まるで夫であるドゥンドゥップ・ワンチェンが、自身の映画の中で、自らの思いを力強く語る、あのシーンのようだった。私はその映像データをラモ・ツォからもらい、一部を翻訳してみることにした。

映像は、いかにも「自撮り」したというような、生々しいものだった。録画のボタンが押されると、誰も座っていない椅子が一脚ぽつり。すると、ラモ・ツォが映像をたしかめるようにひょっこりと顔を出す。何度かチェックをしてから、すばやく椅子に座り、咳払《せきばら》いをして語りだす姿が映っていた。

「仕事が時間どおりに終わらなくて、だから今日は娘たちに会いに行くことができなくて、それでちょっと……」

ぽつぽつと話すラモ・ツォ。しかし、気持ちが昂《たかぶ》ってきたのだろうか、突然、涙を流し始める。

「どんなことでもひとりでやらないといけないから、時間に追われて辛《つら》い。夫がそばにいてくれたら、もっと子どもの面倒もみられるのに……子どもに寂しい思いをさせてしまって……。みんな夫のためにがんばってくれている。弱音ばかり吐いちゃだめよね。私が今日一日何をしたか……。今日はここまで。カメラを止めます」

カチッ。

録画ボタンが切られた瞬間に、ふと押し寄せてくる静寂と暗闇。ただ録画ボタンを切っただけとわかっていながらも、この静寂と暗闇が、ラモ・ツォの孤独や不安と重ね合わさり胸をつかれた。彼女の置かれている状況を象徴しているように感じられたからだ。文字で書かれた日記以上に、このビデオ日記には、秘めた力があるように感じた。さらにこの映像には、彼女の孤独だけが映っているわけではなかった。ときに、彼女は小説のような表現で、自身を皮肉るような日記もつけていたのだ。

「この前、春雨売りの女性と友達になったの。同じアムド地方出身ですぐに仲良くなったわ。子どもが二人いたのだけれど、離婚して、子どもをひとり連れて亡命してきたんだって。それで春雨売りをして生計を立てているみたい。ひとりでがんばってた。私はパン売り、彼女は春雨売り。似た者同士よね（笑）。だから、すぐに意気投合したの」

同じように道端で店を構えるラモ・ツォと、春雨売りの女性。きっと、言葉の訛《なま》りから同郷であるとすぐにわかったのだろう。インドに辿り着くまでの二人の物語は違えど、異国で商いをし、女手ひとつで子どもを育てる境遇は同じ。意気投合し、もしかしたら、故郷の思い出話に花を咲かせたのかもしれない。そんな想像が、むくむくとふくらんでしまうようなビデオ日記だった。私はこの映像を、映画の要にしたいと考えるようになった。しかし、どのタイミングでビデオ日記をつけているのか、飛び飛びで規則性がなく、数も少なかった。ラモ・ツォに、時間が許す限り、なるべくこのビデオ日記を続けてほしいとお願いした。

後に、ラモ・ツォを六年追いかけたドキュメンタリー映画『ラモツォの亡命ノート』が、日本で劇場公開を果たす。映画の中でこのビデオ日記が核になったことはいうまでもない。

映画を撮りたい

映画『ラモツォの亡命ノート』には、あるシーンだけ、ラモ・ツォが撮影したいと提案してきたところがある。

突然の相談だった。「二週間後に、スイスへスピーチをしに行く。そのときに、五分ほどの短編映画をつくって、スイスで開かれるチベット映画祭のコンペティション部門に出品したい」と言うのだ。締め切りは、二週間後だった。

このスイスのチベット映画祭は、二〇〇八年ドゥンドゥップ・ワンチェンの『恐怖を乗り越えて』発表を契機に始まった映画祭で、ドゥンドゥップの仲間たちが立ち上げた。

当時、私は時間があると、ラモ・ツォの日常を撮影しながら彼女に英語を教えていた。基本的には、彼女の通う語学学校のテキストをもとに、その日の授業の復習や宿題を手伝うというものだった。こうして関係性を築いていくなかで、はっと気づかされることがあった。ラモ・ツォのテキストは、いつも真っ新《まっさら》なのだ。授業中に、板書を書き留めた形跡がない。あれだけ熱心に学ぶ姿勢があるのに、なぜだろう……ふと疑問を抱いた。そして気づいたのだ。母国語の読み書きができない場合、外国語を学んだとしても、板書や気づいたことをメモにとることができないのだ。すべて頭にたたきこむしかない。しかし、彼女の記憶力は驚異的だった。いちど習ったことは、ほとんど忘れることはなく、乾いたスポンジが水を吸うようにぐんぐんと吸収していた。ラモ・ツォの頭の中は、識字のある私たちとは異なる構造で、豊かに育まれていたのだ。

そんなラモ・ツォからの映画製作の相談だった。主人公は、娘二人。政治犯で監獄にいる父親を憂い、手紙をしたためるという物語だ。シナリオを書くことができないので、絵コンテでイメージを描いてもらう。すると、撮影したいシーンは、すでに彼女の頭の中で決まっているようだった。ダラムサラに暮らすドゥンドゥップの父母の家と、ふだん洋服を洗濯するために利用している山奥の滝。絵コンテは、理解するにはなかなか厳しい棒人間の並ぶ奇妙なものだったけれど、イメージがすでに決まっていることに驚いた。やはり、彼女の頭の中は計り知れないものだった。ラモ・ツォと相談し、台詞《せりふ》などはとくに与えず、設定だけをセッティングし、自由に語ってもらうというドキュメンタリードラマのような手法で撮影していくことにした。

このとき、私は邪《よこしま》な思いを抱いていた。ラモ・ツォが映画づくりに取り組むメイキングから撮影をし、完成した映像をふくめ、自分の映画の中に盛り込んでしまおうという計画だ。ラモ・ツォ自身が、日々、自らの意思で新しい挑戦をし、道を切り拓く姿を記録したいと思っていたからだ。さらに、夫と同じ表現手法で作品をつくりたいという思いにも胸を打たれていた。〝可哀想な政治犯の妻〟とは真逆の行動だ。こうした下心を持ちつつ、撮影の日に臨んだ。

撮影当日。ラモ・ツォは、いつになく張り切り一張羅のチベットの民族衣装チュパを着た。私はメイキングも撮りたいという主旨を伝え、移動時や撮影時以外にもカメラを回すよう心がけていた。この撮影は、これまでゆっくりと話すことができなかった彼女の娘たちともじっくりと向き合うことができる貴重な時間となった。

ラモ・ツォとドゥンドゥップのあいだには、四人の子どもがいる。男・男・女・女という順だ。子どもたちは、皆幼い頃にダラムサラに亡命し、チベット亡命者の子どものための寄宿舎で暮らしていた。

寄宿舎のある場所のことを、「チベット子ども村」という。ラモ・ツォがパンを売っている町の中心部から少し離れた小高い山の上にあり、車で山道をくねくねと走ると二十分ほどで着く。こんもりとした森の中に、その名のとおり小さな村ができていて、子どもたちが暮らすホームの他に、学校はもちろん、雑貨屋や床屋なども並ぶ。ホームをのぞくと、性別も年齢も関係なく、子どもたちが仲睦《なかむつ》まじく遊ぶ。ホームごとに「ホームマザー」「ホームファーザー」がつき、六歳から十五歳の男女四十人ほどが、ひとつ屋根の下で暮らしているのだ。少し年上の子どもが幼子をあやしたり、洗濯や食事の準備を手伝ったりと、互いを助け合う大家族のような生活をしている。「OTHERS BEFORE SELF（自分よりも他者）」がこの村のスローガンだった。

ヒマラヤを越える子ども

「チベット子ども村」の歴史は長く、ダライ・ラマ十四世が亡命した当時までさかのぼる。亡命した十四世にとって喫緊《きっきん》の課題だったのが、子どものための教育だったからだ。十四世は、国を追われたとしても、チベットの文化や言語の灯を絶やしてはいけないと切実に思っていた。亡命した翌年の一九六〇年には最初の難民学校が開校されたことからも、その熱意がうかがえる。その後、増加する子どもたちが暮らせるようにと寄宿舎も併設された。このような寄宿学校は、インド政府や諸外国の支援も受けながら、今ではインド北部を中心に七校が開校され、難民二世三世なども加わり、一万人以上の子どもたちが通うまでになっている。というのも、この学校の存在はチベット本土でも広く知られていて、「せめて子どもだけでもチベット人らしい教育を受けさせたい」と望むチベット本土の親たちのなかには、希望を託し、子どもだけで亡命させる家族もいるからだ。兄弟姉妹の多い家族は、一家の代表として優秀な子どもや末っ子だけを送り出すこともある。それほど、「チベット人らしい教育」を受けさせることは、チベット人にとって切実な願いなのだ。

「秋が深くなると、亡命のときのことを思い出して、寂しい気持ちになるんだ。亡命の道のりは、雪もちらついて寒かった」

一九九〇年代に、八歳でダラムサラに亡命し、「チベット子ども村」で育ったというある青年が語ってくれた。幼い年齢だったにもかかわらず、亡命のときの記憶は鮮明だ。そして、その苛酷な道のりを教えてくれた。

九人兄弟の七番目だったその青年は、僧である兄が、兄弟のなかで最も優秀だった彼を、家族の代表として亡命させたのだという。彼なら、「チベット子ども村」へひとりで行ったとしても、勉学に励み、いずれチベットのために活躍してくれるだろうという望みを託して——。当時八歳の少年だった彼は、ただインドに旅行へ行くだけと思い、はしゃいでいた。そして、深夜迎えに来たジープに乗せられて家を離れた。このとき兄は、他の家族、両親に相談せずに亡命の道を歩ませた。両親に知られれば、息子可愛さのあまり、亡命を止められてしまうだろうと思ったからだ。少年は、誰にも別れを告げず、ひとりジープに乗った。

ジープで国境付近まで来ると、そこから先は徒歩だった。十五日間、標高五千メートルもある高所の、険しい山道を歩かなければならなかった。国境警備隊に見つからないように、昼間は隠れ、夜間に行動する。先に亡命した人が使った痕跡の残る寝床を利用した。道には、岩陰に穴が掘られていたり、小さい納屋が残っていたりしたのだ。野宿が続き、目を覚ますと顔にうっすらと雪が積もっていたこともあったという。十五日間歩き続けた末に、ようやくネパールの難民収容所に辿り着き、そしてインドのダラムサラに到着した。彼の場合、怪我《けが》もなく無事に亡命を果たせた。しかし、こうした道の途上で、凍傷や骨折といった重傷を負ったり、警備隊に見つかって発砲されたりする亡命者も少なくない。文字どおり〝命を懸けた〟亡命なのだ。

少年は、「チベット子ども村」での生活が始まり、徐々にひとりで亡命してきたんだという現実を受け止める。同じようにヒマラヤを越えひとりで亡命してきた先輩たちがいたからだ。しかし、それでも寂しくなることがあった。それは、冬休みが近づくとき。「チベット子ども村」には、こうしたヒマラヤを越えた子どもたちの他に、難民二世三世の子どもも通っている。長い休みに入ると、その親たちが子どもを迎えに寄宿舎にやって来るのだ。そして、ホームはがらんとし、親がダラムサラ周辺にいない子どもだけが取り残される。このとき、「なぜ自分には親がいないのだろう」と恨めしく思うこともあった。けれど、「家族の代表として亡命した」と心を奮い立たせ、やりすごしたという。

八歳だった少年は、今、大人へと成長し、日本で暮らしている。ダラムサラで出会った日本人と結婚したのだ。彼は、日本国籍を取得し、二十年以上ぶりに故郷を訪ねることもできた。家族とも再会を果たした。しかし、母親はすでに亡くなっており、死に目に会うことはできなかった。それでも、「チベット子ども村」で育ったことを誇りにしている。そして、日本で暮らすチベット人約百人とともに、チベットの歴史を知ってもらうための活動を地道に続けている。ときに日本で暮らすチベットの子どもたちに、チベットの民族音楽やチベット語を教えている。あのとき、兄が自分に望みを託してくれた思いに応えるように——。

彼のような、ヒマラヤを越える子どもたちの受け皿となった「チベット子ども村」。ラモ・ツォの子どもたちも同じように亡命し、物心がつく前に、この場所で生活を始めている。長男のみ、ダラムサラから車で十時間ほどのムスーリーの寄宿舎で暮らしているが、次男、長女、次女の三人は、ダラムサラの寄宿舎で共同生活をしていた（寄宿舎の場所は希望制ではなく、亡命のタイミングで決まる）。

「この絵は、私とお母さんとお父さん。こっちの絵は他の人の家族。他の家族が楽しそうに歩いているところ。私はたったひとり」

十三歳の長女のダドゥン・ワンモが、ノートに描いたという絵を何枚も見せてくれた。夢の中にあらわれた父の絵や、見知らぬ家族が楽しそうに歩いている姿を寂しそうに見つめる少女の絵など、父の不在を彷彿《ほうふつ》とさせるものがいくつもあった。ノートの終わりのページには、『父への手紙』と描かれたポケットが貼られていた。

「思いついたときに、お父さんへ手紙を書くんだ」

幼い頃にダラムサラに亡命しているラモ・ツォの子どもたちのなかで、最も父親とのつながりが深かったのは長女のダドゥンだった。ラモ・ツォが大切に持っている写真の中に、ドゥンドゥップと彼に抱きかかえられる幼いダドゥンのツーショット写真があった。

「ドゥンドゥップはダドゥンを可愛がってね。最初にダラムサラで子どもをあずけようとしたときだって、当時二歳のダドゥンとの別れを惜しんで『こんな小さいのに可哀想だ』って。それで、わざわざチベットへ連れて帰ったんだから。やっぱり男親は娘が可愛いのねぇ」

　クスリと笑いながら、ラモ・ツォがそう私に教えてくれたことがあった。


　撮影は、そのダドゥンと十一歳の次女ラモ・ドルマを主人公に進められた。ラモ・ツォは、カメラの後ろで娘たちの様子を見守り指示をする係だった。しかし、最初から予想外なことが起こった。それは、娘二人がドゥンドゥップの両親の自宅を訪ね、お祖母《ばあ》さんに父親のことを話すシーンだった。

「お父さんの夢をみたんだよ。たくさんのお土産を持って私たちに会いに来てくれたの」

　ダドゥンがお祖母さんに話しかける。すると、お祖母さんは、目に大粒の涙をためて嗚咽し始めた。

「どれだけ息子が皆に会いたがっているか。お祖母ちゃんも、どれだけ息子に会いたいか。生きているうちに、もう一度息子に会うことはできるの……?」

　お祖母さんはたがが外れてしまったように、涙をとめどなく流している。息子のことを思い出してしまったのかもしれない。涙はさらに勢いを増し、会話も何も続かなくなってしまった。するとカメラの後ろで見守っていたラモ・ツォが居ても立ってもいられなくなってしまったのか、お祖母さんのそばに歩み寄り、抱きかかえる。

「お義母《かあ》さんは、死なないわ。ドゥンドゥップともまたすぐ会える」

嗚咽するお義母さんを支えるラモ・ツォ。彼女自身も、涙が止まらなくなっている。娘たち二人もその空気に呑まれ、お祖母さんを慰めながら涙をこぼす。

ドゥンドゥップの母親は、当時七十歳。チベットの平均寿命から考えると、先は長くないかもしれない。懲役六年の刑を受けた息子と、再び会うことができるのか、その不安があふれ出してしまった瞬間だった。

映画としてフィクションを撮影する予定で動いていた私は、最初の撮影シーンから彼女たちが抱える苦悩や悲しみに触れ、邪な感情を抱いていた自分を恥じた。彼女たちにとって今こそが、まさに映画の世界のような虚構であってほしい現実なのだった。


ごうごうと音をたて、豊かな水が流れ落ちる。バグス村の滝は、ダラムサラで暮らす人にとって洗濯をする生活の場だ。ヒマラヤ山脈から湧き出た水は、ひんやりとして一段と澄んでいる。

この川のほとりで、ダドゥンがお父さんへ宛てた手紙を読むのが映画のラストシーンだ。

お父さんへ
お父さん、今どこにいますか?

昨日の夜、夢の中で私たちにお土産を持って、会いに来てくれたね。
お父さんの腕に抱かれて、思わず涙がこぼれたよ。
家族に夢のことを話したら、おばあちゃんが泣きだして、
私もまたもやもらい泣き。
お父さん、早く帰ってきて。
みんなの涙が乾くよう、お父さんを心待ちにしてる。
お父さん、
今日、お母さんと私と妹で川に来る途中、
家族で幸せそうに歩く同級生に会ったんだ。
そしたら、お父さんが恋しくてたまらなくなったよ。
お父さん、私の思いを、この川に送るね。
返事は、この川をさかのぼる魚に託してちょうだいね。

お父さんへ

あなたの娘　ダドゥンより

（訳：ロディ・ギャツォ）

川べりでの撮影の合間、娘たち二人が雑談をしていた。

「あの山を越えたら、チベットかな？　お父さんいるかな？」

標高五千メートル級の山脈を指差し、姉に無邪気に問いかける次女。彼女たちと父親を隔てる壁は、あの峻険《しゅんけん》な山以上に高いものかもしれない。川に託した手紙は、父のもとへと届くのだろうか。そして、魚は川をさかのぼって返事を届けてくれるのだろうか。

ドゥンドゥップの逮捕後、彼から家族への連絡は一切途絶えていた。

たったひとりの旅立ち

「あさってスイスへ発つことが決まった。ダラムサラにはもう帰ってこない」

突然の報せだった。スイスの映画祭へ出品するための映画の編集が終わってまもなく、ラモ・ツォから知らされた。理由は、「ビザが取れたから」だったが、そのビザは「観光ビザ」。しかし、ビザが取れたのなら、そのままスイスに難民として亡命してしまおうという魂胆だった。ダラムサラで暮らすチベット難民たちは、国籍はないものの、パスポート代わりになるＩＣ（Identity Certificate＝国際難民認定証）を持っていた。

観光ビザのまま第三国に亡命するという作戦は、ラモ・ツォが思いついたわけではない。もちろん、違法である。しかし、難民という立場で異国に暮らしている以上、海外への片道切符を取得できたことは計り知れないチャンスになるのだ。たとえ家族と別れ、たったひとりで海を渡ることになっても。これを逃すと、当分のあいだ、再びダラムサラに滞在することとなる。

ラモ・ツォらチベット難民にとって、欧米など第三国への移住は、仕事や生活面を考えると願ってもないことだった。

しかしなぜ、これほど突然なのだろう。映画の撮影を終え、ラモ・ツォと少し距離が縮まったと過信していた私は、ショックを受けた。

しばしばチベット人には表と裏の顔があるといわれる。それは、彼ら彼女らがいつどこでスパイに会うか、裏切られるかと、疑いを抱きながら生きているからだ。まさに「下に対策あり」なわけで、肝心なことは粛々と水面下で進めている。ダラムサラで撮影を始めた当初、忠告を受けたことがあった。

「ここのチベット人は、みんな本音を隠すから。本当のことは話してくれないよ。スパイもたくさんいるしね」

それは、旅立ちも同じだった。ダラムサラに暮らす人々は、忽然《こつぜん》と姿を消すことがある。後に、あの人は米国へ行ったらしいだのフランスへ行ったらしいだの噂が広がる。親しいチベットの友人から聞いた話によると、事前に渡航について知られてしまうと、嫉妬からかビザが盗まれるなどの邪魔が入ることがあるそうだ。大切なビザが、いつ取り消しになるかもわからない。慎重に行動しなければいけないのだ。ダラムサラで初めて自由を手に入れることができたと語るチベット亡命者もいる。そんな自由を実感できる場所でも、完全に心を許すことができない空気がある。これが、難民として異境で生きる人々の現実だった。

では、なぜスイスなのか。そしてまた、ドゥンドゥップの従兄弟ジャムヤンは、なぜスイスで暮らしているのか。なぜチベット映画祭がスイスで開催されるのか。

スイスとチベットの縁もまた、一九六〇年初頭までさかのぼる。

インドへ亡命したばかりの当時、ダライ・ラマ十四世は、増え続けるチベット難民、孤児たちの行き場探しに窮していた。山岳地帯で寒冷なチベットとは大きく異なるインドの環境に適応することが難しく、孤児たちの多くが命を落とし、死までは至らなくとも結核、赤痢、インフルエンザ、かいせん、重度の栄養失調に悩まされていた。そこで、十四世は海外への養子縁組を考え、スイスの友人に打診したという。スイスは、雪山に囲まれた「山の民」の国であり、故郷チベットの環境と重なる部分があったからだ。さらにスイスは、第一次、第二次世界大戦中、永世中立国としてさまざまな政治難民の避難先ともなっていた。その土壌が当時も残っていたのかもしれない。スイス政府は十四世の要請を快く受け入れ、まもなく二百人のチベット難民の子どもたちを、後に千人の大人の難民が生活できる計画を実現してくれた。スイスは、ヨーロッパで初めてチベット難民を受け入れた国となった。

こうしてスイスでは、ヨーロッパで最大のチベット難民コミュニティが形成されていった。盤石《ばんじやく》な基盤があったからこそ、ドゥンドゥップの従兄弟であるジャムヤンは、スイスへと亡命し活動を続けることができたのだ。そして彼らは、スイスでチベットの映画祭を開催し、難民コミュニティのなかで自らのアイデンティティをつなぎ止めようと心血を注いでいる。ジャムヤンの仲間のなかには、スイスのチベット難民第一世代を両親に持つメンバーもいる。

「私は難民二世で、チベットへ行ったこともないし、チベット語もよくわからない。けれど、両親が築いてきたスイスのチベッタン・コミュニティを大切にして存続させたいし、チベットのために活動をしたいんだ」

そう語る彼は、スイスで築いた人脈を駆使し、影ながらドゥンドゥップやラモ・ツォを強力にバックアップしている。ディアスポラ（＝離散した民）となったチベット難民たちは、あらゆる場所に根をおろし、芽を吹き、世界を舞台にゆるやかにつながっているのだ。

スイスへの出発を翌日に控えた日曜日。ラモ・ツォは、ドゥンドゥップの父母の自宅を訪ねた。この日、ダラムサラで暮らす親戚一同とお別れ会をすることになっていた。

「きのう、また焼身抗議があっただろう」

義父が、開口一番に話したのは暗いニュースだった。

チベット本土で焼身抗議があったのだ。二〇一一年九月二十六日。十八歳と十九歳、二人の青年僧侶だった。彼らは、「ダライ・ラマ法王に長寿を！　チベットに宗教の自由を！」などのスローガンを叫んだ後、ガソリンを被り、炎に包まれながら路上を走ったという。

昨夜、ダラムサラでは彼らの無事を祈るために、蠟燭《ろうそく》を灯《とも》し、町を練り歩く「キャンドルライト・ビジル」があったのだった。

「もう止められないのかしら……」

ラモ・ツォは悲しそうに応じる。このとき、チベット本土では焼身抗議が立て続けに起こり、その度にダラムサラでは焼身抗議者に対する黙禱《もくとう》が捧げられていた。

焼身抗議。耳慣れない言葉かもしれないが、チベット人が中国の圧政に抗議して自らの体に火を放つ行為のことだ。おもに、チベット本土のチベット人が最後の望みとして、チベットの自由やダライ・ラマ十四世の帰還を叫びながら、焼身する。誰をも傷つけないことから、チベット人の非暴力による究極的な抵抗といわれている。二〇〇八年のチベット蜂起をきっかけに、二〇〇九年三月に初めての焼身抗議者があらわれ、次々と後に続き、その数は現在（二〇一九年十一月）百六十名を超えるまでとなっている。

「でも、いい方法だと思わないわ。命を大切にしてほしい」

ラモ・ツォは、くもった表情でこたえる。チベット人のあいだで、焼身抗議者は英雄のように称えられている。自らの命を擲《なげう》ってまで、チベットの自由を訴えることに対して。さらに他者に暴力をふるうわけでもなく、非暴力だからだ。一方で、「命を大切にしてほしい。別の方法を模索すべきではないか？」と考えるチベット人もいる。ラモ・ツォの場合、夫が映画という方法で世界に訴えたということもあって、命を大切にする方法を望んでいるのだろう。あるいは逆かもしれない。夫は映画をつくって逮捕された。そのために家族は故郷へ帰れなくなり、亡命を余儀なくされた。もっと周りの人のことを考えてほしい、と。

「スイスへ行っても、こうしたチベットの現状や息子のことを、皆に話してくれよ」

義父の言葉に、ラモ・ツォは力強く頷いた。

大ぶりの骨付きチキンが、鍋の中でグツグツと煮えたぎっていた。鍋の傍らでは、女性たちが小麦粉と水を捏ねてつくった種を、きし麺のように延ばしている。

「みんなの大好物、テントゥク（すいとんに似たチベット料理）よ」

ラモ・ツォは嬉《うれ》しそうに笑うと、そのきし麺のような生地を千切って、熱々に煮立った鍋に入れ始めた。

お別れ会には、二十人ほどの親戚が集まり、広場で盛大に準備が進められていた。親戚のほとんどが、ドゥンドゥップ側の家族だ。ドゥンドゥップには兄弟姉妹が十人いるほか、多くの親戚がすでにダラムサラに亡命していた。

チベットでは、家族は核家族ではなく、複数の世帯からなる複合家族で生活することが多い。感覚として、「兄」という表現に「従兄弟」が含まれていたり、「妹」という表現に「姪」が含まれていたりする。ずっと「兄」だと紹介されていた人物が、実は遠い遠い親戚だったなんていうこともある。「家族」という単位の意味合いが広く、血のつながりが薄くても、心理的に距離が近い関係にあるのだ。そのため、ドゥンドゥップの親戚同士も、皆がひとつの家族のように助け合い暮らしていた。

お別れ会では、主役のラモ・ツォを囲み、皆で熱々のテントゥクを頬張っていた。アムド地方で、一番のご馳走《ちそう》だ。子どもたちは草原を駆け回っていた。最後の別れとは思えないほど、笑いの絶えない宴だった。ただひとり、義母だけは、ひたすら涙を流していた。その義母の様子に最初に気づいたのは、長女のダドゥンだった。ダドゥンは駆け寄り、祖母のしわしわの手を握りしめ寄り添っていた。

トク、トク、トク。

ラモ・ツォが義父のグラスに酒を注ぐ。すると、義父はそのグラスに指を入れ、大地に酒を三回ふり撒《ま》いた。

「ラモ・ツォがどこへ行っても、うまくいきますように。子どもたちと離れても、皆が幸せでいられますように……」

別れの時間は、容赦なくやって来た。ラモ・ツォは娘二人を寄宿舎に送り届ける。娘たちにとって、母との別れは何度目になるのだろう。すでに覚悟を決めているようだった。長女のダドゥンは、呆気《あっけ》ないほどすんなりと母と別れ、寄宿舎に戻っていった。しかし、十一歳の次女ラモ・ドルマは感情を抑えきれなかった。ラモ・ツォ自身が、涙を流してしまったからだ。

「明日、スイスへ発ちます。娘をよろしくお願いします」

泣きながらホームマザーに娘を頼むラモ・ツォの表情には、決意とともに別れの悲しみがにじんでいた。ラモ・ツォと次女は強く抱き合い、先の見えない再会を誓った。

陽が沈もうとしていた。雲海の上に、ぽっかりと浮かぶオレンジ色の夕日。低地の家々に、夜の帳《とばり》が下りようとしていた。

翌日、ラモ・ツォは、ひっそりとスイスへ旅立っていった。

第二章

物質的なものは東、精神が宿るのは西

ラモ・ツォがいつも大切に持っている故郷の写真

幼少時代

「ここが私の故郷、ラブランよ。夏には一面に黄色の花が咲いたの。冬には、しんしんと雪が降りつもった」

難民として流浪の身となったラモ・ツォが、肌身離さず持っていたもの。それは、故郷と家族が写っている写真だった。とくに大切に持っていたのが、菜の花だろうか、一面に咲いた黄色い花々の真ん中に、若かりし頃のラモ・ツォがひとり立つ写真。肌は陽に焼けて浅黒く、背景に山々をしたがえるその姿は、まさに山岳民族の佇まいだった。ラモ・ツォはいつも、目を細めながら懐かしそうに故郷の話をしてくれた。

ラモ・ツォの故郷は、中国の西、チベット高原の東北に位置する甘粛省甘南《かんなん》チベット族自治州夏河《かが》県、チベット語で「サンチュ」と呼ばれる場所だ。標高は三千メートルほどある。

チベット高原は、言語や文化によって伝統的に三つの地方に分けられる。自治区の首都・ラサを含む中央チベットと西エリアの「ウー・ツァン地方」、青海省を中心とした東北エリアの「アムド地方」、四川省などが入る東エリアの「カム地方」である。この三つの地方は、方言も異なれば、文化や習慣もそれぞれ似て非なるものである。かねてより私が憧れていた〝荒涼とした大地〟が広がる〝チベットの原風景〟は、ウー・ツァン地方にあてはまるものであり、アムド地方といえば、青い草原に馬が駆け抜ける景色が特徴的だったりする。言語でいうと、例えば、ウー・ツァン地方とくにラサの挨拶は「クンカムサン」であるが、アムド地方は「デモ」という。ちなみにダラムサラでは「タシデレ」を使うので、それぞれ異なる。そしてラサの人は、上品に敬語を多用するが、アムド地方の人にとって、敬語は逆に相手を小馬鹿にしたような失礼にあたるという。またカム地方の男性は大柄で屈強な人が多く、腰に刀を差しているなど、それぞれに特徴があるのだ。

　これだけ言語や文化が違えば、同じ「チベット」と呼んでいいか戸惑ってしまう。けれど彼らにとっては、チベット高原全域が「チベット」である。それは、七世紀初め、古代チベットの王ソンツェン・ガンポによってチベット高原が統一され、吐蕃王朝《とばんおうちょう》として、チベット仏教を中心に栄えていた王国が「チベット」の起源だからである。現に、ダライ・ラマ十四世が、中央チベットのウー・ツァン地方ではなく、アムド地方から見出《みいだ》されたことからも、文化的につながっていることがわかる。

　この三つの地方の中で、ラモ・ツォの出身地サンチュは、東北エリアのアムド地方に位置する。標高四千メートル級の山々に囲まれ、アムド地方で最大規模のチベット仏教寺院のひとつ「ラブラン寺」がある景勝地だ。小豆色の壁に黄金に輝く屋根。寺院の周りは、早朝から巡礼者であふれ、五体投地で礼拝する人々の姿も多く目にする聖地だった。

チベットでは、寺院を中心にして文化圏が形成されている。そのため、サンチュも、このラブラン寺を中心に栄え、商店やホテルが並ぶ都市がつくられていた。

「ラブランは、故郷でもあるし、最も恋しい場所。もし、自由に生活できるのだとしたら、絶対にラブランを選ぶ」

ラモ・ツォが故郷のことを「ラブラン」と呼ぶのは、ラブラン寺が町のシンボルであり、この寺院のおかげで町が栄えていったという誇りがあるからだ。ラモ・ツォは、アムド地方の中では、都会育ちのシティ・ガールだった。

一九七二年、ラモ・ツォは、このラブランに農家の娘として生を受けた。時は、文化大革命（一九六六〜一九七六）時代。チベット人が、最も貧困と飢餓に苦しんだ時代だった。実は、かつてラモ・ツォの実家は、農家のなかでも多くの土地を所有する裕福な地主だった。たくさんの家畜を飼い、二人の住み込みのお手伝いを雇えるほどだったということからもその豊かさがうかがえる。しかし、一九五八年を境に状況は激変してしまう。中国共産党の統治が及び「人民公社政策」の名の下に、土地や資産がすべて奪われてしまったのだ。

ラモ・ツォの一族の歴史を辿るためには、アムド地方の歴史を辿る必要がある。アムド地方の歴史は、中央チベット（ウー・ツァン地方）の歴史とは異なる道を辿っているからだ。『中国青海省チベット族村社会の変遷』によると、中国共産党がチベットへと侵攻してきた当時、現在のチベット自治区（中央チベット）がダライ・ラマ政権に統治されていたのとは異なり、アムド地方は、蒋介石《しょうかいせき》率いる中国国民党に統治されていた。そのなかでも、ラブラン周辺の地域は蒋介石の命を受けて、後に「青海王」と呼ばれた〝荒くれ武将〟ムスリム（回族）の馬歩芳《ばほほう》一族に統治されていた。

馬歩芳の軍閥政権は、一九一一年の辛亥《しんがい》革命後、中華民国が成立した初期から始まり、四十年ほどアムド地方を統治していて、封建制度を採用していた。なぜ、〝荒くれ武将〟なのかといえば、その統治の仕方が残忍だったからだ。その状況は、青海省の歴史書に詳細に記録されている。

「馬氏族はその軍閥政権の成立以来、武力で少数民族を征服し、種々雑多な税を納税させて残虐的に統治した。抵抗する人々に対して殺戮《さつりく》や家畜など財産を略奪することなど残酷に弾圧した」（前掲書）

種々雑多な税とは、人頭税や家畜の数による家畜税、耕地の面積による農業税、牛や羊の皮の税、羊毛の税、子羊の皮の税、さらにロープの税などだ。つまり、あらゆる物に税が課せられていた。さらに、資料には馬歩芳の具体的な残虐行為の記述が続く。

「1932年6月から1941年5月まで青海省の果洛チベット地域の各部落に対し6回にわたって残虐に弾圧し、何千人も殺害し、家畜6万頭程を略奪し、白玉寺など寺院5座を破壊した」（前掲書）

馬歩芳が統治していた時代、アムド地方の農民や遊牧民は悲惨な境遇に置かれ、搾取されていた。しかし、それだけではなかったという記録も残されている。馬政権は、チベット高原が統一されていた吐蕃王朝時代からの制度を踏襲し、各部族を、部族ごとの長が治めることもあれば、その地方の精神的なリーダーである寺院の高僧が治めることもあるという「政教合一状態」を保ったのだ。これは、馬政権以前の社会制度（＝吐蕃王朝時代から続く制度）と同様の制度を用いたことを意味する。これにより、各部族の長と馬歩芳は、友好的であったという記録もある。

ところが、青海王・馬歩芳の威光にも陰りがさす。一九四九年、国共内戦で国民党の主力部隊が敗れ、蒋介石らが台湾に退いたのだ。これに伴い、馬歩芳も失脚。果たして国外へ逃亡してしまう。甘粛省や青海省などのアムド地方は、つぎつぎと人民解放軍に「解放」されていった。

こうして一九五八年、アムド地方は大きな変革を余儀なくされる。中国共産党による「民主改革」によって、封建的なこれまでの制度が廃止され、新しい社会制度が始まったのだ。具体的には、「人民公社政策」だった。この変革が、ラモ・ツォの一族に悲劇をもたらしたのだ。

「母がよく話してくれていた。我が家は一九五八年を境に大きく変わったって。漢人が入ってきて、財産を全部奪っていった。持っていける物は持っていかれ、壊せる物は壊され、何もない状態にされた。そして母の兄が逮捕された。彼はひどい拷問を受け、帰ってきたときには、我が家はもぬけの殻になっていた」

人民公社政策とは、生産の集団化だった。村人は、生産隊の構成員となって共同労働をし、労働力に関係なく平等に報酬の分配を受けた。財産はすべて公社所有となり、貧富の差が平準化された。持てる者は、土地財産を放棄させられたという。ラモ・ツォの一族は裕福だったこともあり、こうした時代の変化の影響を一身に受ける立場だった。さらに一時は、家庭での炊事が禁止され、共同食堂で一緒に食事をとらなければならなかった。しかし、ご馳走が出されるわけではなかった。深刻な食料不足により餓死者が出た。ラモ・ツォは言う。

「あの時代は、村の人が一カ所に集まって食事をとらなければいけなくて。そのとき食べ物がなくて、村の多くの人が餓死したと聞いた。ツァンパ（ハダカムギを煎って粉にしたもの。バター茶で練り団子のようにして食べることが多い、チベット人の主食）をお湯に溶かして、お粥《かゆ》みたいにして食べていたんだって。とてもわずかな量のツァンパを溶いて。二百人が薄い薄い粥に頼って、生き延びようと必死だったたって」

一九五八年から始まった民主改革の波、そして一九六六年からは文化大革命へと突入し、アムド地方はさらに受難にさらされていった。そんな一九七二年、文化大革命まっただ中に、ラモ・ツォは生まれたのだった。

三人兄妹の末っ子として生まれたラモ・ツォは、幼い頃から記憶力が抜群に優れていたという。一番上の兄からは、「兄妹のなかで一番賢いラモ・ツォだけでも、学校へ通わせよう」と言われていた。ラモ・ツォもまんざらでもなく、学校で学びたいという強い気持ちを持っていた。しかし、財産も奪われ、飢餓に苦しんでいた一族は、娘ひとりを学校へ通わせることも困難だった。ラモ・ツォは、学校に憧れる気持ちをひた隠し、家の仕事や畑仕事の手伝いをしたという。両親には、恨み言ひとつ言わなかった。今もその思いは変わらない。ただ、時代のせいだと思うことはあった。母親から、チベットの歴史や一族の過去を聞かされていたため、チベット人が置かれている状況について、それなりに理解していたからだった。

幼い頃から、ラモ・ツォは生きとし生けるものの命を大切にする子どもだった。小さな虫を殺さないことはもちろん、花一輪だって手折ることはしなかった。その虫や花が、もしかしたら前世の自分の父や母かもしれないと考えていたからだ。チベット仏教の教えにある輪廻転生《りんねてんしょう》を信じていた。川べりに遊びに行っては、溺れかけている虫を掬《すく》い上げて陸に戻した。頭に虱《しらみ》がわいたとしても、友人は指でつまんで潰してしまうけれど、ラモ・ツォは羊の毛に包んで生きたまま逃がしていた。すると友人から、「ラモ・ツォには虱は取らせない。生きたまま逃がしちゃうんだから」と呆《あき》れられてしまうほどだった。小さな虫の命をも慈しむ気持ちは、大人になっても変わらない。雨上がり、ダラムサラでは道端にミミズが飛び出すことがあった。そのミミズを、干涸《ひか》らびないように、誰かに踏まれてしまわないようにと土にそっと返してあげることが、大人になったラモ・ツォの習慣だった。

生き物や命への考え方は、父親に大きく影響を受けたという。父親は、チベット仏教で最も大切な考えである「慈悲の心」について、ラモ・ツォに説いてくれた。それは、生きとし生けるものが相互につながり合っているがゆえに、互いを慈しみ、思いやる心を持つことが必要なのだということだった。

いつもラモ・ツォは「父親の話はしたくない」と口を閉ざしていたけれど、あるとき、そっと話してくれたことがあった。実は、父親はもともと高い地位の僧侶で寺院にいたという。ラモ・ツォがためらっていたのは、その父親もまた、時代の悲劇を背負っていたからだった。

「宗教は毒だ」——「新民主主義」による改革を進めた毛沢東の言葉である。この言葉どおり、一九五八年に始まった「民主改革」には、チベット仏教を衰退させることも含まれていた。寺院は破壊され、仏教の美術品は盗まれ、僧侶は強制的に還俗《げんぞく》させられた。

ラモ・ツォの父も、その波を受けて還俗を余儀なくされたひとりだった。寺院から村に戻った彼は、小屋を借りてひっそりと過ごしていたという。母から聞いた話によると、ときに、罪状が書かれた帽子を被らされ、公衆の前にさらされて、皆から罵倒されたり、殴られたり、侮辱を受けたのだそうだ。これは、高僧の権威を失墜させるためにおこなわれたものだった。

こうして〝一般の労働者〟となった父は、ラモ・ツォの母とともに暮らすようになり、子どもをもうけた。元来チベットでは、高僧が還俗し結婚することについて、罪深いこととされている。さらに、〝還俗させた〟女性のほうが地獄へ堕《お》ちるといわれていることから、ラモ・ツォは、母の尊厳を守るためにも、父について多くを語りたがらなかった。

しかし、俗人になったとしても仏心は変わっていなかった。父は、幼いラモ・ツォに、慈悲の心、善い行いをすること、素直でいることなどを優しく説いてくれた。年上の人を敬い、母の言いつけを守ることなど礼儀も教えられた。母もまた、他人に何かされたとしても、反撃したり、恨んだりするような気持ちを持たない穏やかな人だった。両親の背中を見て育ったラモ・ツォは、自然とどんなことにも動じず、そして他者を思いやる心を身につけていったのだろう。

そんな両親の影響を受けてか、幼い頃、ラモ・ツォは尼僧になりたかった。父から習う仏教の考え方が好きだったからだ。ビニールのレインコートを尼僧の袈裟に見立て、尼僧ごっこをしていたほどだった。けれど、「尼僧になったら、稼ぎはどうするの？」と母に反対され、夢は諦めた。この当時、故郷では尼僧は怠け者がなるものだといわれていた。そんな両親は、貧しい生活のせいもあって、ラモ・ツォが十代の頃に次々と病気で亡くなった。

一九九二年、ラモ・ツォは大きな決断をする。村の仲間数名と、バターを売りにラサへ行くことを決めたのだ。時は文化大革命後、鄧小平《とうしょうへい》に引き続き江沢民《こうたくみん》政権のもとで改革開放まっただ中。社会主義市場経済が導入され、経済の自由化が進められていた。アムド地方の若者たちのあいだで、この開放経済の波にのって、経済圏である中央チベットのラサへ出稼ぎに行くことが流行していた。なかでも、牧畜を生業《なりわい》とするアムド地方の人にとって、アムドの良質な乳製品をラサへ売りに行くというのが主流だった。ラモ・ツォは、兄妹のなかで最も聡明だという自負もあり、ラサへ行くことを決めたのだ。

〝太陽の都ラサ〟は、昔も今も、アムド地方の人にとって憧れの場所だった。アムド地方出身のある詩人が、北京とラサを比べて、こんな言葉を残している。

「物質的なものは東（北京）。精神が宿るのは西（ラサ）」

アムド地方の人にとって、たとえ親から何も教わらなくても、親の背中を見ているだけで「心に迷いがある場合、西へ向かえ」という感覚が深く刻みこまれていた。

そんな憧れの地ラサへ、二十歳になったばかりのラモ・ツォは旅立った。期待と不安をないまぜに。そして、その太陽の都で、今後の人生を大きく変えることとなる運命の人と出会うのだった。

ラモ・ツォが大切に持っている写真の中には、その運命の人と二人、ラサで肩を寄せ合うものもあった。

運命の人

「この手紙を読んでください」

男性から手紙をもらったのは、生まれて初めてだった。文字が読めないラモ・ツォは、友人に代読してもらう。そこには、名前と連絡先、そして「一緒になってくれませんか」と書かれていた。

送り主は、ドゥンドゥップ・ワンチェンといった。ラサでバター売りの商売を始めてまもなく、アムド料理が食べられるよと友人が連れて行ってくれた食堂で働いていた。二歳年下だったけれど、ラサでの生活に慣れているようで、頼もしく見えた。何よりも、まだ言葉も十分に理解できないラサで、同じアムド地方出身で、同じ方言を話すということだけで不安が和らいだ。

「第一印象は？」と聞かれても、出会った当初のことはほとんど覚えていない。故郷では、女性が男性と話すとき、男性の顔を直視することは慎みがないといわれていた。そのため、出会って三回ほどはほとんどドゥンドゥップの顔を見て話すこともなく、下を向いてばかりいたという。男性と話すことにも慣れず、緊張もあって、ほとんど記憶に残っていなかった。

ドゥンドゥップは、心の優しい人だった。ある日、町でインドのダラムサラへの亡命を目指していたチベット人のグループと会う機会があった。彼らは亡命に失敗し、当局に逮捕され、現金もすべて没収され生活に困窮していた。そんなときドゥンドゥップは、周りの友人に声をかけて現金を集め、そのグループの当面の生活を助けたことがあった。ラモ・ツォも協力するため自分のピアスを売ろうとすると、「大丈夫だよ。きみが心配する必要はないよ」と自らが奔走し、現金を工面した。こういった人助けをさらりとやってのける人だった。周りに手柄を吹聴《ふいちょう》するわけでもなく、黙って行動する姿に惹かれていった。

最も魅力的だったのは、慎ましやかで控えめな性格だった。当時、ラサで暮らすチベット人のあいだでは、「ダラムサラへ行ったことがある」というのは、自慢話の恰好《かっこう》のネタだった。「外の世界のことを知っている」という象徴だったのだ。しかし、当時すでに一度ダラムサラへ行ったことのあるドゥンドゥップは、そのことをラモ・ツォに自慢げに話すことは一切なかった。ましてこうした話を肴《さかな》にラモ・ツォを口説こうとなんてしなかった。気づけば、ラモ・ツォは彼に好感を抱いていた。

ラブレターをもらってまもなく、二人は真剣に交際することになった。「真剣に」といっても、ラモ・ツォはよくわかっていなかった。当時、婚姻制度にのっとって結婚している人はほとんどおらず、「子どもを授かれば家族になる」という考えだった。それでも二人は、周りから冷やかされるほど仲が良かったのだと頬を赤らめながら振り返る。

「道端でバターを売っていると、いつもドゥンドゥップがやって来て、私の隣に座って話しかけてきたの。私が恥ずかしいから来ないでと言っても、恋人同士なんだから何も問題ないだろって言って、いつも遊びに来た。一緒にバターを売っていた友人から『あなたたち、これほど二人で話をしていても、まだ尽きないのね。いったい何について話しているの？』と呆れられるくらいにね」

二人は、昼も夜も、とりとめもなく語り合った。食事の時間も寝る時間も惜しんで話した。性格がとても似ていた。話しても話しても、話題は尽きなかった。

ドゥンドゥップは、男女の権利についても自由な考え方を持っていた。アムド地方では、男尊女卑の考えが色濃く残っているふしがある。そのなかでも、ドゥンドゥップの故郷は家父長制の傾向が強かった。ラモ・ツォがドゥンドゥップの実家を訪ねたときのこと。夫婦で一緒に食事をとらず、男性が食事を終えたところで、女性は台所の隅で食事をしていた。都会育ちのラモ・ツォにとって、驚きの光景だった。

ところが、ドゥンドゥップは違った。仕事をしたいというラモ・ツォを尊重し、さらに当時ラモ・ツォが大好きでよく通っていた「ナンマ（チベッタン・ディスコ）」へも、つきあってくれた。ドゥンドゥップは、頭の柔らかい人だった。

そのうちに、二人は子どもを授かる。一九九四年、出会って一年が経っていた。

二人は幸せな生活を送っていたものの、裕福ではなかった。学校へ行ったことがない二人にとって、できることはせいぜいバターを売ることや食堂で働くことだけ。子どもが生まれたからといって、家族水入らずで暮らせるわけでもなく、同郷の仲間たちとの共同生活を続けていた。そのため、長男は生まれてすぐにドゥンドゥップの実家にあずけ面倒をみてもらうことにした。その後、一年おきに次男、長女が誕生し、家族は五人となった。そこで二人は、ラサから東に少し離れたラリ県でレストランを開店することにした。

ところが、開店準備のさなか、ラモ・ツォが病を患っていることが発覚する。肝炎だった。その病名を聞いたとき、ラモ・ツォは失意に泣いた。亡くなった母と同じ病気だったからだ。病名を聞いてから、ラモ・ツォは落ち込み、身体中から血の気が失せてしまった。どんなに毛布や布団を被っても、身体が暖まらなくなってしまった。そして床に伏せり、家に閉じこもった。

自分の人生がそう長くないと思ったラモ・ツォは、ドゥンドゥップに別れを迫った。故郷では、「寡夫《かふ》となった男とは、結婚しないほうがいい」という言い伝えがあったからだ。ドゥンドゥップを寡夫にさせてしまう前に別れようという、せめてもの思いだった。

しかし、ドゥンドゥップは楽観的だった。「死ぬはずないんだから、別れないよ」と頑《かたく》なに別れようとしなかった。そんなとき、ドゥンドゥップから思いがけない提案をされる。

「ダラムサラへ行って、ダライ・ラマ十四世にお会いしよう」

病気で落ち込むラモ・ツォを励ますために、ドゥンドゥップが考えたのが、ダラムサラへの巡礼だった。「ダラムサラへ行けば、事態が変わるかもしれない」ラモ・ツォはそう思った。いずれ子どもたちをダラムサラの寄宿舎にあずけたいという考えもあった。

開店予定だったレストランを売却し、ダラムサラへ向かうための準備をした。もちろん、非合法の亡命ルートからのダラムサラ行だ。ドゥンドゥップは道に慣れているものの、幼い子どもも三人を抱えているため慎重に行動した。亡命を仲介するブローカーにも、大金を払わなければならない。当時の相場は、一万元（約十五万円）ほど。もともと財産と呼べるほどの財産はなかったが、全財産を投じた。

そして、ラモ・ツォたち家族は、太陽の都ラサを後にし、〝太陽〟として慕う彼《か》の人が暮らすダラムサラへと向かったのだ。

二〇〇〇年のことだった。

〝チベット〟への芽生え

「六百万のチベット人の心と魂であるチベットという聖なる土地でお会いしよう。我々は、法の教えがあるダラムサラから、神々が住まわれるラサへと旅立つ準備は、いつでもできている」

（訳：筆者）

二〇一一年、チベット亡命政府のロブサン・センゲ首相が、就任演説で語った言葉である。チベットの人口について語るとき、誰もが口をそろえて「六百万のチベット人」という。それは、今も、十年前も、二十年前も変わらない。古くは、二十世紀初頭、鎖国中のチベットへ単独で旅行した日本人僧侶、河口慧海《えかい》（一八六六〜一九四五）の旅行記にも記されている。どれだけ時が経っても、いつも「六百万人」なのだ。結婚が禁止されている僧の占める割合が多いため、人口が増加しないという説もあるが、それだけが理由とは考えられない。さらに「チベット」は境界も曖昧《あいまい》である。チベット人が暮らすといわれるチベット高原には、チベット自治区の他に、青海省、甘粛省・四川省・雲南省の一部も入る。さらに、難民として世界に散らばった人々もいる。かねてより私は、この「チベット人」とは何を指すのか、「六百万人」をどのように割り出しているのか、なぜ皆が口をそろえて「六百万人」と言うのか疑問を抱いていた。そこで、中国から来日しているあるチベット人の研究者に疑問をぶつけてみた。すると、その人は面食らった表情をして訝《いぶか》しげに言った。

「これ、私が言ったって、公にしないですよね？」

辺りを見回し、警戒心を強める。情報源などについて一切公開しないと伝えると、安堵し、見解を話してくれた。

「もともと市井のチベット人に、『チベット人』という国民意識はなかったのではないだろうか。中央チベットの一部を除いて。一九五〇年代に中国共産党が来たことによって、『チベット』という意識が芽生えてきたんだ。なぜなら、社会制度自体を強制的に変えさせられたからね。もちろん、それまでだって中央チベット以外のアムド地方やカム地方は中国国民党に統治されていて、『チベット』という国として統一されていたわけではなかった。けれど、農民、牧畜民にとっては、税金は高いけれど、それ以外はチベット仏教の文化や習わしを踏襲していて、それほど不自由さを感じていなかったんだ。だから、突然、社会制度が変わっていって初めて、『チベット』というアイデンティティが芽生え、『チベット人』を意識するようになったんじゃないかな」

当時、中央チベットから離れたアムド地方やカム地方では、部族ごとにまとまっていて、感覚としては日本の「藩」のような意識で人々は生活していたという。外の世界について知る手段もなく、だからこそ「我々は◯◯人」と意識する必要もなかった。しかし、まるで日本人が黒船来航により「国家」を意識せざるをえなくなったように、彼らにも外部の力が迫ってきてしまった。

「当時のチベット人は、旗の色をヒントに中国共産党のことを〝赤い中国人〟、中国国民党のことを〝白い中国人〟と呼んで、『赤い中国人のほうが脅威だ』と恐れたんだ。それは、やはり社会制度を変えられたことに起因する。このとき、赤い中国人の数と戦力に圧倒されたチベット人は、公式に『チベット国家』と『チベット国民』の存在を主張しなければならなくなった。そこで、数字の面でそれなりに多い『六百万人』とアナウンスしたんだよ。『六百万人』という意識はそこから始まったと考えるね」

あくまで、あるひとりの研究者の見解ではあるが、冷静で、説得力のあるものだった。歴史をさかのぼると、七世紀、ソンツェン・ガンポ王によって統治された吐蕃王朝がチベットの起源である。しかし、市井の人々にとって、一九五〇年代当時、そうした歴史認識は薄かった。中国共産党による「民主改革」が始まるまで、「チベット国家」という意識は低かったといえよう。チベット仏教を信仰するがゆえに、ひとつの文化を共有する民族であるという考えは根底にあったものの、「近代国家」としての意識は希薄だったのだ。

アムド地方では、一九五八年を境に、その前を「旧社会」、後を「新社会」という。これは、中国共産党により社会制度が変わったことを意味している。その研究者は、あくまで個人の見解だと前置きしたうえで、こう付け加えた。

「アムド地方の人々は、一九五八年を機に、中央チベットとともにあるという意識を持った。そして『チベット国家』『チベット国民』という概念を持ったのも、このときだろう。外部からの圧力によって初めて気づかされたんだ。それまでこの地域は、鎖国していたようなものだったんだからね」

政治学者のベネディクト・アンダーソンは、「国民」とは社会的あるいは政治的な実体ではなく「イメージとして心に描かれた何か」が集まったもの、すなわち「想像の共同体」なのではないかと唱えた。ナショナリズムとは、それほど曖昧なものかもしれない。すると、この「六百万のチベット人」という意識も、こうした想像から生まれたものかもしれない。自らの文化や宗教が危機に瀕し、これらを守るために導きだした、苦肉の策だったのではないだろうか。国際社会から正式に「国家」として認められず、こぼれ落ちてしまった彼らにとって、それが縁《よすが》となったのかもしれない。国境が陸続きで、まして遊牧民として生きる彼らにとって、「近代国家」による境界は曖昧である。闖入者《ちんにゅうしゃ》によって、「チベット」という意識が芽生え、アイデンティティが強固になっていったのではないだろうか。

熱々の小籠包《ショウロンポウ》を頬張りながら、その研究者は独自の見解を話してくれた。場所は、店員がみな中国人の中華料理店だった。まさか、私たちがチベット語で、中国共産党の民主改革を話題にしているとは、つゆほどにも思っていないだろう。やけに小籠包ばかり注文し、奇妙な言語を話す客を奇異な目で見ていた。店から出るとき、見送ってくれたのは、美しい女性店員だった。研究者の彼は、その綺麗な店員と中国語で挨拶をかわすと、私に言った。

「中国人の女性は綺麗でしょう？　チベット人の男性はね、『中国人はチベットから出ていけ』と言うけれど、その後に付け加えるんだ。『あ、美人は残ってくださいね』ってね」

そう言って、いたずらっぽく笑った。

第三章

新天地・アメリカへ

ゴールデンゲート・ブリッジを運転するラモ・ツォ

自由への架け橋

二〇一四年三月。私はアメリカへ向かっていた。目的地はサンフランシスコ。きっかけは、ある日本人のfacebookの投稿だった。

サンフランシスコに落ち着いた囚われのドゥンドゥップ・ワンチェンの妻ラモ・ツォ。友人のチベット人が住む日本人街の中にある瀟洒な家に居候し、自分の車を買って運転するが、もう危なくて見てられなかった。（中略）これから、子供たちをアメリカに呼び、夫が解放された後、何とかアメリカに呼びたいと思っているが、簡単ではないであろう。（中略）サンフランシスコは気候がよくて、チベット人もいるので気に入っているようだった。

（2013/8/23）

ダラムサラに住んでいた頃から、ラモ・ツォたち家族を支えていた日本人、中原一博氏の投稿だった。投稿には、小綺麗な服装をしたラモ・ツォが、白壁の豪邸の前で微笑んでいる写真と、真剣な横顔で前屈みになって車を運転する写真があった。

ラモ・ツォがスイスへ発ち、二年近くが経っていた。その間、ラモ・ツォが米国へ渡ったという報せは聞いていたものの、日本での生活に追われていた私と彼女との連絡は途絶えていた。驚いたのは、渡米して一年足らずでもう車を運転していることだった。ダラムサラでは重たいパンのカゴを背中に担ぎ、せっせと歩いていた彼女が、「危なくて見てられなかった」としても車を運転している。その姿に、目を洗われる思いだった。なんとか渡米の資金を貯めて、その「危ない運転」の主を撮影したいと奮い立った。ラモ・ツォの運転する姿が、再び私をチベットへと引き寄せてくれたのだ。

投稿を読んでまもなく、私は中原氏を通してラモ・ツォと連絡をとり、互いのタイミングを合わせ、サンフランシスコへ撮影しにいくことを約束した。気づけば、二〇一四年。ドゥンドゥップの刑期が終わり、釈放される予定の年になっていた。

再会したラモ・ツォは、何かから解き放たれているように明るく見えた。米国というさまざまな人種が暮らす空間で、ラモ・ツォは〝政治犯の妻〟ではなく、〝ラモ・ツォ〟というひとりの人間として生きているようだった。言葉もままならない異国で職を得てお金を稼いでいることで、自信も芽生えていたのかもしれない。自由の名の下で、水を得た魚のように動き回っていた。

その家は、高級住宅街の一等地にあった。中に入ると、ふかふかの絨毯《じゅうたん》が敷かれ、現代アートの絵画が壁一面に飾られている。階段をのぼって寝室に入ると、大きな窓から見えるのは、どこまでも広がる海原とゴールデンゲート・ブリッジ。まるでハリウッド映画に出てきそうな豪奢《ごうしゃ》な家そのものだった。

この家に、ラモ・ツォは住み込みでハウスキーパーの仕事をしていた。雇い主は、九十歳をすぎても現役で働く経営者の男性。少し前まで、アーティストの妻と二人で暮らしていたが、病気で先立たれていた。そのとき、熱心に妻の介護をしたのがラモ・ツォだった。彼は、ラモ・ツォへ厚い信頼を寄せ、妻の亡き後も、そのまま雇い続けていた。

アメリカでも、ラモ・ツォの一日は多忙を極めていた。けれど、ダラムサラの朝とは大きく違っていた。朝六時に目を覚まし、台所で朝食の準備をする。あの手作りの台所ではなく、広々としたシステムキッチンに、食器洗い乾燥機つき。すべて手で捏ねて焼き上げていくパンづくりではなく、珈琲メーカーで珈琲を淹《い》れ、冷凍食品をレンジでチン。朝食の準備が終わると、すぐに主人の寝室とシャワールームの片付け。真っ白なシーツは、毎日、全自動洗濯機で洗い、乾燥機へポイ。小さな川で手洗いし、陽が沈むまで川べりで乾かすような一日仕事ではなくなっていた。日常が、劇的に変わっていたのだ。

それでも、働き者のラモ・ツォは、やはり慌ただしい日々を過ごしていた。主人を送り出すと、今度は三階建ての十部屋ほどもある大豪邸に、掃除機をかける。それが終わると、冷蔵庫をチェックして足りないものの買い出しへ。ここまでが、午前中に終わらせる仕事だった。そして午後からは、別の大豪邸へ行き、掃除や洗濯など再びハウスキーパーの仕事をしていた。

「じっとしているのが苦手なのよ。時間があるなら、仕事を入れたい。もうすぐ子どもたちも来るしね」

スマートフォンを片手に、インターネットの仕事マッチングサイト『ケア・ドットコム』で、新しい仕事を探す。ラモ・ツォの日常は、充実していた。

映画『ラモツォの亡命ノート』を観てくれた文化人類学のある教授が、「この映画では、第三国から搾取される〝可哀想な難民〟というステレオタイプな描かれ方をされておらず、新鮮だった」と話してくれたことがあった。アメリカでのラモ・ツォは、まさに新しい世界を切り拓き、希望にあふれる難民の姿のように見えた。そしてまた、ラモ・ツォは、自分のことを理解してくれる人間を見分ける嗅覚が鋭かった。彼女の周りには、彼女の境遇を理解し、応援する人が集まっていた。　しかし、ここに辿り着くまでには、並大抵ではない苦労を重ねてきていた。

ラモ・ツォがスイスへ渡ったのは、二〇一一年十月。ヨーロッパでドゥンドゥップの釈放を訴えるスピーチツアーをおこなった後、スイスのチベット人家族の世話になっていたという。スイスにはドゥンドゥップの従兄弟ジャムヤンも暮らしていたため、心強かった。しかし、スイスの言語はおもにドイツ語。言語の問題もあり、なかなか仕事に就くことができなかった。これまでも、寄付などの援助によって生活することに抵抗があったラモ・ツォは、スイスでの生活が苦痛になり、自立したいと願うようになっていた。そしてまた、ダラムサラで英語を勉強している子どもたちのためにも、英語圏での生活のほうがいいのではないかと考えるようになっていた。そんな折、ダラムサラにいた頃、ドゥンドゥップの映画を観て、ラモ・ツォたち家族を応援したいと訪ねてきてくれた米国人ジョバンニとチベット人ツェリンの夫婦のことを思い出す。ジャムヤンやスイスの仲間たちに相談すると、すぐに力を貸してくれ、米国へ難民として亡命することになった。

二〇一二年八月二十一日。米国へは、単身で渡った。場所は、カリフォルニア州サンフランシスコ。一時的にラモ・ツォの面倒をみてくれることになったジョバンニ夫婦がそこで暮らしていたからだ。

さらに、カリフォルニア州のベイエリアは、米国の中でも三番目に大きなチベッタン・コミュニティのある場所で、千五百人ほどのチベット人が暮らしている。サンフランシスコの隣町バークレーは、チベット仏教の寺院やチベット料理店があるなどチベット文化が浸透している地域だ。その背景には、アメリカ西海岸特有の気質が影響している。ここは一九六〇年代後半から始まったニューエイジ思想の中心をになう地で、チベット仏教のような東洋思想が馴染みやすい土壌がそなわっていたからだ。一九九六年に米国で開催され、ビースティ・ボーイズやビョークなど名だたるアーティストが参加したチベッタン・フリーダム・コンサートの第一回開催地もサンフランシスコだった。また、二〇〇八年の北京五輪における聖火リレーへの抗議デモが、厳戒態勢が敷かれるほど大規模なものとなったのもサンフランシスコだった。

しかし、ひとつ問題があった。それは、米国では難民申請をしているあいだ、就労が禁止されており、政府からの支援も一切受けられないことだった。難民認定されるまで、個人差はあるものの最短でも百八十日はかかる。その間、米国の難民申請者は、生きるために物乞いや闇労働をせざるをえない状況に追いやられていた。

そんなラモ・ツォを支えてくれたのが、ジョバンニ夫婦だった。ラモ・ツォが難民認定を待つあいだ、彼らの自宅で家事を手伝いながら生活させてもらえることになったのだ。

ジョバンニは、現在、サンフランシスコのチベット支援団体「ベイエリア・フレンド・オブ・チベット」の代表を務めている。丸坊主で、目がぎらぎらとしていて、いかにも〝精力的な活動家〟といった風情の白人だ。サンフランシスコでチベット関連のデモ集会があれば、中心となって行動し、人一倍大きな声で「フリー・チベット！」を叫ぶ人物だ。

ジョバンニが、チベットと出会ったのは一九八〇年代。まだ二十代だった。精神的に落ち込んでいたとき、チベット文化に出会って救われ、「チベットの悲惨な状況を救いたい」と活動に参加したという。その後、米国生まれのチベット難民二世ツェリンと結婚をして、チベット問題が身内の問題となり、さらにチベットへの思いを強くしていった。映画『恐怖を乗り越えて』を観て、ダラムサラまでラモ・ツォに会いに行ったこともあるほど熱心だった。

なぜ、ラモ・ツォたちを助けるのか？　と私が問うと、ぎらぎらした目をいっそう輝かせながら、笑顔でこう答えてくれた。

「ラモ・ツォとドゥンドゥップ・ワンチェン。二人の名前を合わせると、〝ラモ・ドゥンドゥップ〟だね。ダライ・ラマ十四世のもともとのお名前だよ。この夫婦は、チベットを変える大きな力を持っていると思うんだ」

の名前だった。

「ラモ・ドゥンドゥップ」とは、まだダライ・ラマの化身だと見出される前の幼い頃の十四世

米国へ来て一年も経たないうちに、難民認定を受けることができたラモ・ツォだったが、仕事を始めると、なかなか思うようにことが運ばなかった。

最初にハウスキーパーとして住み込みで働いた家族は、インドからの移民だった。ラモ・ツォは、同じアジア人で親近感があり、インドで暮らしていた経験からインド人の家族のもとで仕事を始めようと考えたのだ。しかし、思いも寄らぬ差別を受けてしまう。当時のことを振り返るラモ・ツォのビデオ日記が残っている。

「最初にインド人の家で働いたのだけど、嫌な思いをした。食事のとき、彼らだけ新しいものを食べて、私には古くなったものしか食べさせてくれなかった。それに、食卓で食べさせてくれず、台所の隅で食べさせられた。その他にも辛いことがたくさんあった」

これまで誰かのもとで働いたことのなかったラモ・ツォにとって、屈辱的な経験だった。

その後、ラモ・ツォは仕事を見つけるためには、ある程度の英語能力が必要だと考え、四ヶ月ほど英語学校へ通う。さらに、インドで取得していた車の免許を米国でも使えるものに切り替えた。こうした苦労を積み重ね、今の雇い主たちに巡り会った。ラモ・ツォの境遇を理解し、

自由に仕事を任せてくれる人たちだった。

サンフランシスコ湾と太平洋が交差するゴールデンゲート海峡に架かるゴールデンゲート・ブリッジ。真紅に彩られ、弧を描くその美しいさまは、世界最大級のアール・デコ建築ともいわれる。ラモ・ツォは、毎日、その吊り橋を車で颯爽《さっそう》と渡り、もうひとつの仕事場まで向かう。慣れない運転でおぼつかないけれど、この橋を渡るときが、最も自由を感じる瞬間だ。

「小さな頃から、車を運転することが夢だったの。でも、故郷チベットでは女性が運転するなんて、みんなから白い目で見られたわ。でも、ここ、アメリカは違う。いつだって自由に運転できる」

そう笑いながら話すラモ・ツォは、まっすぐ前を見据え、その横顔はさらに逞しく輝いていた。

「難民」として生きる

安全に暮らしたい
清潔な暮らしを送りたい
美味しいものが食べたい
自由に遊びに行きたい
おしゃれがしたい
贅沢がしたい

何の苦労もなく
生きたいように生きていきたい
他人の金で。
そうだ
難民しよう！

『「そうだ難民しよう！」はすみとしこの世界』

二〇一五年十月、facebookのタイムラインに流れてきたイラスト。肌の浅黒い女の子がこちらに向かってうすら笑いを浮かべ、その背景に、この言葉が並んでいた。女の子のモデルとなったのは、シリア国境付近のレバノンにある難民キャンプで撮影された写真に写る六歳の少女。このイラストは、日本のみならず世界中で物議を醸し、元の写真を撮影した写真家ジョナサン・ハイアム氏が、「こんなひねくれた偏見を表現するために、無垢《むく》な子どものイメージを使う人がいるなんて、衝撃と深い悲しみをおぼえている」とTwitterで発言する事態にまでなっていた。

イラストを描いたのは、日本人の漫画家だった。二〇一五年九月、シリア難民の男児がギリシャへ避難しようとしていたところ、乗っていた船が難破し、トルコの海岸に悲しい姿となって打ち上げられたというニュースが話題となっていた。漫画家は、その男児がシリア難民ではあったものの、トルコ在住であり、トルコ政府から無償援助を受けていたということに言及していた。そして、イラストを制作した意図について、次のように述べている。

このイラストは全ての難民を否定するものではありません。本当に救われるべき難民に紛れてやってくる偽装難民を揶揄したものです。

例えばドイツでは、難民には月間約17万円が支給されます。これは、パートで働くより良い収入です。日本にもドイツにも、これを初めから目当てにしてやってくる「移民」や「難民」がおり、さらに人権派弁護士が裏について、あらゆる権利を行使できるように口添えしてる実態があります。

（中略）

私は、難民であるのか無いのかをきっちり調べ、本当の難民であれば人道的に助けるべきだと思っていますが、一部（報道では3割）の偽難民がそれを権利と思いやってくる事に問題を感じ、問題提起として、偽難民について皆さんが考えるきっかけをつくりたかったのです。

（facebook「はすみとしこの世界」2015/10/8）

「偽装難民」と「本当の難民」を隔てるものとは、何だろうか。

二〇一二年にラモ・ツォがアメリカへ渡ったのとときを同じくして、あるチベット人女性が欧州へ難民として渡っていた。当初、私は、彼女の荒唐無稽な亡命計画に耳を疑った。しかし彼女は、その計画をひとりで成功させたのだ。彼女の名前は、仮の名でソナムと呼ぶことにしよう。なぜなら、彼女は今も自身の亡命計画を秘密にしているのだから。

私がソナムと出会ったのは、インドのダラムサラでチベット語の勉強をしているときだった。チベット語の個人レッスンをやっていて、厳しく指導してくれる先生がいる、と紹介されたのだ。初めて会ったときのソナムは、くっきりとした目鼻立ちに黒髪を胸まで伸ばした、エキゾチックで美しい三十代半ばの女性だった。濃いめのメイクと、耳たぶに重たそうにぶら下がる大ぶりなピアスが印象的だった。

しかし、授業が始まるとスパルタぶりに面食らった。授業中は、チベット語以外の言語の使用を禁止、少しでも言い淀めば、すらすらと発音できるまで何度でも容赦なく発音させ、宿題はたっぷりと出た。

「私は若いけれど、どんな年齢の人にだって平等に厳しく指導するの。おかげで引っ張りだこなのよ。ガハハ」

豪快に笑う彼女から、自信と誇りが見て取れた。授業料だって、他の先生の倍近くする値段で、強気の設定だ。それはやはり、彼女の育ってきた環境がそうさせていたのかもしれない。

ソナムは、ウー・ツァン地方ラサ出身。高貴な一族の生まれで、気高く、芯の強い女性だった。父親は、かつて政治犯として逮捕されたことがあったというが、あまり詳しくは話してくれなかった。家族が元政治犯という不自由さもあったのだろう。十代の頃、たったひとりでラサからダラムサラへ亡命した。理由は、チベット人として矜持《きょうじ》を持って生きるためだった。そのため、ダラムサラでもチベット仏教を熱心に学び、毎朝、毎夕の巡礼も欠かさなかった。故郷で、チベット語、中国語の普通教育を受けていた彼女は、インドでさらに英語とヒンディー語も身につけ、語学も堪能《たんのう》だった。

正義感も人一倍強かった。ダラムサラに暮らし始めてまもない私が、ある僧から誘惑されて困っていたときのこと。ダラムサラでは、真面目に学ぶ僧侶がほとんどではあるけれど、ときに、「外国へ行きたい」という思いから観光客にちょっかいを出す邪な坊主もいたりする。とくにカモにされるのが、まだダラムサラに来たばかりのお上りさん。そう、そのときの私のような新参者だった。「チベット語を教えますよ」という甘い言葉に誘われ、ついつい携帯電話の番号を教えてしまった私。毎日のように連絡をしてくるその坊主に困っていると、ソナムが「同じチベット仏教徒として恥ずかしい。私がなんとかする」と力を貸してくれたのだ。そのときの彼女の言葉が忘れられない。その坊主に電話をかけ、激しい剣幕で言ったのだ。

「おまえ、坊主だろ。そんなことして恥ずかしくないのか！　チベット仏教の教えはどうした？　袈裟を脱いでしまえ！」

それから、その坊主からの連絡はぱったりと来なくなった。町ですれ違っても、気まずそうに目をそらすようになった。ダラムサラの町は小さい。否が応でも顔を合わせる機会がある。やがて彼は、ソナムや私の姿を見つけると、そそくさと姿をくらますようになった。その様子を見るたびに、私たちは声をたてて笑った。

そんなソナムには、口癖があった。私が過去の出来事や、未来のことで不安を吐露すると、いつもこう言うのだ。

「チョ・ミンドゥ（意味がない）」

過去の出来事を悔やんでも、未来のことを不安がっても意味がない、今を生きるしかないのだ、とひとことで言ってのけるのだ。考えたって時間の無駄でしょう、と。彼女の家族は皆、ラサに残っている。ダラムサラで頼れる親戚はひとりもいない。かつて、愛し合った人とのあいだに娘をひとりもうけたが、その男性は暴力をふるう人で別れることとなった。今は、恋人はいるものの女手ひとつで娘を育てている。そうした人生を歩んできた彼女にとって、過去を悔やむことも、未来を憂うことも意味のないことなのかもしれない。今は、今なのだから。竹を割ったような彼女の性格と、現実主義に生きる暮らしぶりが魅力的だった。

授業を続けていくうちに、ソナムとは、先生と生徒の関係以上の、お酒を酌み交わす間柄になっていった。ダラムサラでは「女性が飲酒する」ことは、嫌悪感を持たれている。男尊女卑の傾向が根強いインドの影響も大きいのだろう。旅行者ならともかく、ダラムサラで暮らすチベット人の女性は飲酒を控えめにしなければならず、外出先で飲むなどもってのほか、酒屋でお酒を購入することもはばかられた。そこで、旅行者である私がワインを購入し、ソナムの自宅で酒盛りをするのが恒例になったのだ。

ある日、夜の深い時間まで二人でワイングラスをかたむけていたときのこと。ソナムが、故郷に残っている家族と話したい、と電話をかけたことがあった。他愛もない会話をした後、電話を切ると彼女は涙目になって言った。

「故郷へ、帰りたい」

これまで弱音を吐いたことのない彼女が、珍しく寂しそうな表情をし、本音を吐露した。このとき、ソナムが「チョ・ミンドゥ（意味がない）」を口癖にしている理由に、なんとなく触れたような気がした。どんなに故郷へ帰りたいと望んでも叶《かな》うわけがない、意味がない。そう自分に言い聞かせていたようだったからだ。

ソナムは、お酒を飲むと、決まってとあるチベッタン・ポップスを流した。それは、自由に空を飛ぶ鳥に自身をなぞらえ、離ればなれになった愛しい人を想う歌だった。

もし、私に翼があるのなら
今すぐ、あなたのもとへ飛んでいくのに

自由のない故郷を捨て、自由を手に入れるために、難民としてダラムサラで生活しているソナム。この選択が正しかったかどうか、本人ですら確信を持てずにいた。それでも、彼女はその選択を信じ、寂しさと隣り合わせに生きていた。

「ついにビザが取れた！」

ある日、いつものように授業に向かうと、ソナムが嬉々として私に告げた。実は、彼女には野心があった。この小さな町ダラムサラから出て、欧米で暮らすことだった。ダラムサラにいれば、ダライ・ラマ十四世のそばにいることができ、チベット人らしい生活も保障されている。難民として生きる保障もある。しかし、仕事は限られ、「チベット難民」のまま生きていかなければならない。彼女は、娘とともに欧米へ行き、国籍を取得し、パスポートと職を得ることが娘の将来のためにも最善だと考えていた。欧米のパスポートを持てば、故郷のチベットにだって自由に行き来できると考えたのだ。

しかし、彼女の亡命計画は合法ではなかった。彼女が取得したビザは、A国への観光ビザ。だが、彼女が亡命しようとしていたのは、B国だったのだ。

亡命計画は、荒唐無稽ともいえるものだった。まず、「ダラムサラで暮らすチベット難民」としてA国へ観光に行く。ソナムは、ラモ・ツォ同様にパスポート代わりのIC（国際難民認定証）を持っているため、ビザさえ取得できれば海外へ渡航することができた。しかし、ここからが勝負だった。A国に到着したら、ICを含むダラムサラで暮らしていたという痕跡すべてを捨て、着の身着のまま電車でB国へ向かう。そして、B国に「チベット本土から政治的理由で亡命してきたチベット亡命者」として保護してもらうという計画だった。もし、ダラムサラで暮らしていた事実が発覚すると、すでにダラムサラで難民認定を受けているという理由から、B国の難民収容所から追い出されてしまう可能性がある。そのため、「チベット本土からの亡命者」にならなければならなかった。

ソナムは、ビザを取得してまもなく、ごく身近な人にだけ自身の旅立ちを告げ、娘を「チベット子ども村」にあずけ、ダラムサラから姿を消した。ぱったりと。ほとんどの人は、ソナムがどこへ行ったのかを知らない。しかし、ダラムサラでは「あ、またひとりいなくなった」という認識でしかない。この町は、さまざまな人間が自由に出入りする巡礼宿なのである。

一年後、ソナムから連絡が入った。B国の難民収容所に無事に保護され、訓練を受けているというのだ。ダラムサラとは違い、アフリカからの難民が多いという。収容所の中で、チベット人は、自分を入れてたったの二人しかいないと言った。特別待遇はない。しかし、彼女は一年でその国の言語を習得し、さらに介護関係の資格を取ろうと勉強に励んでいた。「何か必要なものある？」と私が尋ねると、嬉しそうに言った。

「日本製のフェイスパックを送って。もう肌がぼろぼろなの」

彼女は、おしゃれに余念がなく、とくに日本のフェイスパックを重宝していた。私は、新しい地で、新しい生活を始めたソナムにエールの思いを込めて、段ボールいっぱいにフェイスパックを詰めこんで送った。

このソナムの亡命計画を語れば、きっと「偽装難民」と言われてしまうのだろう。彼女は、よりよい環境を求めて非合法にダラムサラから第三国へと亡命したのだ。しかし、人道的に助けるべき「本当の難民」と「偽装難民」の境界は何だろう。きわめて曖昧ではないだろうか。私にとって、ソナムもラモ・ツォも、どちらも人道的に助けが必要なチベット難民である。彼女らを隔てるものは、何もない。まして、難民も人間である。ときには贅沢もしたいし、おしゃれだってしたい。もちろん自由だって手に入れたい。こうしたことを望むのに、どうして誰かに非難されなければいけないのだろう。

その後、ソナムは試験を受けて介護関係の資格を取得し、老人ホームで働いている。仕事を始めた当初、「難民」という理由で三ヶ月間、〝研修〟という名の無報酬の仕事をしなければならなかった。私が「それ、法律的におかしいよ」と言うと、彼女は「チョ・ミンドゥ（仕方ない）。私は難民だから」と笑った。もちろん働いているので、国に税金も納めている。ラサで暮らす家族へ仕送りもしている。「仕事は慣れた？」と私がたずねると、彼女はいたずらっぽく笑ってこたえた。

「おじいちゃんをお風呂に入れて、下半身を洗うときにね、チベット語で、『もう使えなくなって可哀想ね』って言うの。おじいちゃん、チベット語がわからないから、きょとんとした顔をするんだけど、それが笑えるの！」

意外かもしれないが、チベット人は男女問わず下ネタが大好きだ。真面目な会話をしていても、二言目には下ネタが飛び交う。ソナムも例外ではなく、私は彼女からチベット語の猥言《わいげん》を数え切れないほど教わった。冗談をまじえ飄々と話す彼女の口ぶりから、新天地を楽しんでいるようにもうかがえる。しかし、亡命して五年目、彼女の家族が大病を患い、故郷ラサで亡くなった。まだ国籍を取得していない彼女は、死に目にすら会えなかった。ソナムは、テレビ電話越しに大粒の涙を流しながら、今すぐにでも故郷へ飛んでいきたい、と言った。しかし、自らの意志で捨てた故郷へ、そう簡単に帰ることはできない。彼女はまだ、国籍もパスポートも持たない難民だった。

もし、私に翼があるのなら
今すぐ、あなたのもとへ飛んでいくのに

人知れず、故郷を想って涙を流すソナムの姿を、想像できるだろうか。故郷の歌を聴きながら、「もし、翼があるのなら」と家族を慕う彼女の日常を想像できるだろうか。ソナムは、「偽装難民」かもしれない。ただその背景に横たわる暗い影に思いを巡らせない限り、問題の本質を見誤ってしまうのではないだろうか。

ソナムは、いつか国籍を取得して、故郷チベットへ観光客として訪ねることを夢みている。その夢は、そう遠くない将来、実現できそうだ、と嬉しそうに語る。そして、そのときは日本をも訪問したいのだそうだ。

「日本製のフェイスパックをたくさん買わないといけないからね」

そう言って、いつものように豪快に笑った。

初めての海

「お母さん、老けたね」

久しぶりの母との再会に、次女のラモ・ドルマが戯《おど》けてみせた。

二〇一四年三月。ダラムサラでの別れから三年が経ち、米国で難民認定を受けたラモ・ツォは、子ども四人を米国に呼びよせた。十代の子どもの成長は著しく、娘たちは、もうすぐ母親の背丈を追い越しそうだった。四人の子どもたちは、初めての飛行機旅行を終え誇らしげだ。道中の出来事を、嬉しそうに話す。子どもたちは手をつないだり、荷物を持ち合って互いを助けたり、とても仲が良かった。

しかし、子どもは呼びよせたものの、ラモ・ツォには住居がなかった。当分のあいだ、住み込みで働く雇い主の家で一緒に暮らすことになった。こんなとき、大家族での生活に慣れているからなのか、チベット人はとても巧みだ。するりと家に溶け込み、自然と家主と馴染んでしまう。ラモ・ツォの娘たちは、すぐに家主のお爺さんと仲良くなり、話し相手になったり、英語の歌を一緒に歌ったりと、本当の孫のようになっていた。

「海だ！　なんて広いの⁉」

サンフランシスコに到着するや、子どもたちが向かった先は浜辺だった。どこまでも続く青い海に、白く泡立つ波。そのしぶきに触れると、「きゃっ、きゃっ」と歓声をあげた。ヒマラヤ山脈の麓《ふもと》で育った子どもたちにとって、生まれて初めて目にした大海原。その茫洋《ぼうよう》たる景色に、少し圧倒されているようだった。

しかし、難民社会で生き抜いてきた子どもたちもまた、母と同様に逞しかった。すでに「チベット子ども村」で英語を学んでいたため、言葉にはそれほど苦労しない。身体の大きい欧米人にも動じなかった。母の買い物を手伝って英文の商品説明を読んで翻訳をしたり、母の代わりに電話の応対をしたり、メモをとることのできない母のために覚え書きをつくったりした。唯一恐ろしかったのは、母が運転する車だ。おぼつかない様子の運転席の母を不安げに見つめ、発進するとみな悲鳴をあげて、シートベルトにしがみついた。

長女のダドゥンは、十五歳になっていた。「チベット子ども村」で鍛えられた腕前で、率先して母の手伝いをし、料理係を買って出ていた。実は、料理の苦手なラモ・ツォより抜群に美味しいチベット料理をつくった。ときにかつての同級生の写真を眺めて懐かしむことはあったが、米国の生活に夢を抱いていた。

「父は、北京五輪のとき、ただ『賛成か、反対か』を問うただけで逮捕された。無実なのに。もし、父に弁護士がついていたのなら、救えたかもしれない。だから、米国で勉強をがんばって、弁護士になりたい」

ドゥンドゥップは、どの子どもも可愛がっていたが、ことにダドゥンを溺愛していた。そんなダドゥンもまた、幼い頃の自分が父に抱きかかえられているツーショット写真を大切に持っている。幼くして、チベットからインド、米国へと流浪の身となった。しかし、ダドゥンは父にも母にも恨み言ひとつ言わない。

私が、「もし、お父さんが映画をつくっていなかったら、今も家族一緒にチベットにいられたかもしれないと考えないの?」と野暮な質問をしたときのことだ。十五歳の彼女は、母と同様に、達観した様子で笑いながら答えてくれた。

「そんな昔のことを考えても意味ないでしょう？　今は今しかないんだよ。初めて大きな海も見られたし、アメリカは楽しいよ」

チベットには、「カルマ（＝業）」という考え方がある。ある事象に対して、善いことも悪いことも因果応報、宿命だと受け止め、我が身に起こるべくして起こったことだと捉えるのだ。カルマの考え方は、苦境に立たされたときにこそ、彼ら彼女らを強くする。くよくよ悩む時間があるのなら、前を向いて進んでいこうと、竹のようにしなやかに生きていけるからだ。これは、ラモ・ツォにも子どもたちにもあてはまった。皆、過去のことで悔やむことも恨むこともなく、今にささやかな喜びを見つけ、生きていた。

国を追われるという、一九五九年から背負うこととなったチベット人たちの悲劇。六十年間を生き抜いてきた彼らの逞しさの根底には、このカルマの考え方があるのかもしれない。

夕暮れどき、ダドゥンは母の寝室で五体投地をして祈るのを習慣にしていた。その祈りの先には、ダライ・ラマ十四世が写る小さな写真が、ぽつんと貼られている。

サンクチュアリ・シティ

サンフランシスコ市庁舎前には、赤と青を基調としたチベットの旗・雪山獅子旗《せつざんしし き》がたなびいていた。チベットの民族衣装を着た人々が、ぞろぞろとその中心に集まってくる。その数、百人を超えていた。

子どもたちが米国に到着してまもなくの二〇一四年三月十日。この日は、一九五九年にチベット蜂起があったことを記念し、世界中に散らばるチベット人が毎年各地でデモ行進をする。サンフランシスコでもチベッタン・コミュニティが集い、チベット旗を手に市街を練り歩いた。

「フリー・チベット!」

子どもたちにとって、初めてのサンフランシスコでのデモ行進だ。

プーッ、プーッ。

突然、車のクラクションの音が響く。驚いてカメラを向けると、車窓からデモ隊に向かって手を振る人の姿を捉えた。どうやら賛同の意を表明するクラクションらしい。さらに歩くと、道ゆく人がピースサインを掲げて微笑みかける。周りにカメラを向けると、拳をあげて、「ネバー・ギブ・アップ!」と声をかけてくれる人の姿も映った。思わず息を呑んだ。なんて心が温かい町なのだろう、と。この時期、日本でも同じようにチベットの自由を求めてデモ行進がおこなわれる。そのときの、道ゆく人の冷たい目を思い出さずにはいられなかった。米国で暮らす人々の、デモ行進を受け入れる懐の深さと一体感に胸を打たれた。

サンフランシスコは、「サンクチュアリ・シティ=聖域都市」のひとつである。「聖域都市」とは、米国で難民を含む移民の受け入れに寛大な政策をとる自治体のことを指す。不法移民をも寛容に受け入れており、賛否両論はあるものの、チベットのデモ行進をこれだけ温かく受け入れてくれることと関係がないとはいえないだろう。応援してくれる人々の肌の色は、さまざまだった。

米国における「聖域都市」の歴史は、一九八〇年代の聖域運動から始まったといわれる。悪化する中米紛争により発生した難民について、当時の米レーガン政権が、彼らを政治難民として認定しないという方針を示したのに対し、中米からの亡命者を庇護しようとした教会の運動に端を発している。運動は急速に拡大し、自治体レベルにまで広がっていく。今では、こうした聖域都市が、ニューヨークやロサンゼルスをはじめ約三百も存在しているのだ。

しかし、この聖域都市も、今、存続を脅かされている。二〇一七年、トランプ米大統領が、「入国管理当局への協力を拒否する都市に対し、連邦補助金の交付を停止する」という大統領令に署名したからだ。これは聖域都市に対する脅しにほかならない。一方で、サンフランシスコの市長は大統領令を拒否し、サンフランシスコは、「難民、聖域、愛の町」であり、二十七年間続いている聖域都市を守ると宣言。両者のせめぎ合いは続いている。しかし米国全体でみると、トランプ政権になってからの難民の受け入れ人数の上限が、一九八〇年から始まった再定住プログラム以降、年間三万人程度と最低になっている（トランプ政権前は、七～八万人ほどを受け入れていた）。米国で暮らす移民・難民の未来には、暗雲がたちこめているのだ。

「フリー・チベット！」

ラモ・ツォと子どもたちが声をあげる。相変わらず、通行人たちは微笑み、温かく賛同の意思表示をしている。その姿をみて、次女のラモ・ドルマは嬉しそうによりいっそう声をはりあげた。

「サンフランシスコに来てよかった」

難民として渡った米国で、初めて受け入れられたと実感のわく、記念すべき三月十日だった。

電話ごしの再会

「パパおかえりなさい」

「今日！　ついに　夢にまでみた再会という願いが叶う……」

寝室には、娘たちが書いたウェルカムメッセージの紙が貼られていた。昨夜から、チベット語と英語で、父への思いを手紙に託していた。

「パパ　あなたはヒーロー！」

二〇一四年六月四日。ドゥンドゥップ・ワンチェンが逮捕されてから六年が経ち、釈放の日を迎えていた。

ラモ・ツォは、朝からせわしなく働いていた。「こうでもしないと、気が紛れないでしょう」と笑いながら、化粧をし、いつもよりおしゃれな服装で住み込みの家の掃除をする。そして何度も、チベット本土にいる親戚たちと連絡をとっていた。

ドゥンドゥップは、釈放後、中国の甘粛省ラブランにいるラモ・ツォの親戚が引き取ることになっていた。そのため彼らは、朝からご馳走を準備し、英雄の帰りを待ちわびていた。

「おお、ラモ・ツォか。こっちはご馳走の準備をしているよ。安心してくれ」

ラモ・ツォのお兄さんから音声メッセージが入った。ラモ・ツォは嬉しそうに「よろしく」とひとこと返事をした。

ラモ・ツォたち家族は、ふだん「微信（ウィー・チャット）」という通信アプリで連絡をとりあっている。通信アプリのなかでも中国の最大手である微信は、中国で暮らすチベット人とも難なくやり取りができ、利用者は、十億人を超えるほどだ。基本的に音声メッセージでやり取りができるため、ラモ・ツォたちのように読み書きの苦手な人にとって非常に便利なツールとなっている。ただし、中国当局からすべて検閲されているという自覚を持って、当たり障りのない会話をすることが暗黙の了解になってはいるけれど。

ゴールデンゲート・ブリッジを横目に、颯爽と車で走る。ラモ・ツォは、午後からまた別の家でハウスキーパーの仕事だった。一緒についてきた次女のラモ・ドルマは、車中でずっと洋楽を熱唱している。流行している映画『アナと雪の女王』の主題歌『Let it go』だった。

王子様からの口づけを待つだけの従来のヒロイン像には収まらない、新しいヒロインが誕生した映画『アナ雪』。まるで、ラモ・ツォのこれまでの人生を肯定してくれるかのような歌詞が流れている。

ひとりの女性が自身の境遇を受け入れ、生きていく覚悟を決めたシーンで歌われる、物語の要となった歌。この歌を、ラモ・ドルマは、まるで両親に捧げているかのように流暢《りゅうちょう》な英語で全編歌い上げた。

大きなガレージのある豪邸に到着した。玄関に辿り着くまでにだだっ広い庭があり、ニワトリが走り回っている。この家もまた、裕福な家庭だった。ラモ・ツォはすっかり信用され、自宅の鍵まであずかっていた。雇い主の留守中に自由に出入りし、自由に掃除や洗濯をすればよかった。

「仕事先の人は、みんな、理解のある人ばっかり。私はラッキーなのよ」

掃除をしながら、自慢げに話すラモ・ツォ。最近、ラモ・ツォが着ている洋服は、家主の夫人のお下がりばかりだった。お下がりといっても、数回しか着ていないものから未使用の服まで、新品同様のブランド品ばかり。ラモ・ツォの服装は、みるみる洒脱《しゃだつ》になっていた。

「ただいま」

夫人が帰ってきた。

「今日は、ずっとあなたのことを考えていたのよ、ラモ・ツォ。夕方四時の予定よね？　祈っていたわ。どきどきね」

胸を押さえながら、自分のことのように緊張した面持ちだ。ラモ・ツォはたどたどしい英語で答える。

「ほんとうに夢みたいで……まだ信じられないです。あれから七年が経つんですもの」

ラモ・ツォは、いったん止めていた手を再び動かした。いつもより入念に、台所を磨いている。まるで逸《はや》る気持ちを必死で抑えているかのように。

その頃、長女のダドゥンは、住み込みの家で夕飯の準備を進めていた。チキンとフライドポテトをレンジでチン。家主の夕飯の準備もお手の物だ。家族用には、ゆで卵がまるごと入ったインドカレー。父の釈放を祝して、ご馳走をこしらえていた。ちょうどこの時期、チベット暦での四月は、「サカダワ」といわれる月間。釈迦《しゃか》の〝誕生〟と〝悟りをひらいた〟ことと〝入滅〟の三つを祝う聖なるこの月間は、肉食を控えるのがチベット人の習わしだ。なぜなら善い行いをするとふだんより十万倍の徳を積むことができ、悪い行いをすると十万倍の罪を負うといわれているから。そのためこの月間は、チベット人は大好物の肉を控え、少しでも命を大切にし、徳を積むことが習慣になっている。ダドゥンのつくるインドカレーに肉が入っていないのは、それが理由だった（卵が命かどうか、という点については賛否両論あると思うが……）。


チベット人の命に対する考え方はユニークだ。もちろん、殺生することは可能な限り避けなければいけないけれど、栄養だって取らなければいけない。そのため、ふだんは牛肉や鶏肉などを食しているし、ほとんどのチベット人の大好物が肉といっても過言ではない。その一方、海の幸を食べることは好ましくないとされていた。理由は、牛などの大きい生き物は、ひとつの命で多くの人間の命を生かすことができるけれど、魚介など小さな生き物は、ひとりの人間の命を生かすために、多くの命が犠牲にならなければいけないから。まして、小魚などもってのほかだ。屁理屈のように聞こえるけれど、高地で生き抜いていくために必要な栄養と、殺生を禁忌とするチベット仏教のバランスから生まれた知恵だった。

米国で暮らしていたとしても、これまでの生活習慣や習わしは大切にしている。食事もまた、基本的にチベット料理とインド料理だった。

「無上の師である仏という宝
無上の守護者である正法という宝
無上の導き手である僧という宝
帰依処の三宝（仏・法・僧）に（この食事を）供養します」

家族全員がそろったら、料理皿を頭の上にかかげ、経を唱える。この経は、三宝に帰依《きえ》することを意味し、仏教徒であることの証。これもまた、チベット、ダラムサラにいた頃から変わらない習慣だ。面倒くさそうに皿を持つ息子二人を注意するラモ・ツォ。米国へ来ても、子どもにはチベットの伝統をなるべく継承していくことを心がけていた。

夕飯の時間は、釈放される父親の話で持ち切りだった。「どうやって迎えようか？」「私たちの顔、わかるかな？」「テントゥクをつくって空港で待とう！　お父さんの大好物だもんね」七年ぶりの再会に、一同が心を弾ませていた。誰もが釈放された父と、すぐに再会できると信じていた。

「夫がラブランに着いてない？　どういうこと⁉」

電話が鳴ったのは、時計の針が夜の八時を回り、今か今かと釈放の報を待っているときだった。ドゥンドゥップを迎えに行ったラモ・ツォの親戚たちは、何かの手違いで、彼がいるはずの刑務所で会うことができず、とんぼ返りとなってしまったのだ。「どうやらドゥンドゥップは、ラモ・ツォの故郷であるラブランではなく、自分の故郷で妹夫婦が暮らす青海省の村へ向かったらしい」そんな情報が入ってきた。せっかく親戚たちがラブランでご馳走を準備し、盛大に迎える準備をしていたのに……。「釈放直前に中国当局がドゥンドゥップを連れ去った」「当局に嫌がらせされている」など情報が錯綜《さくそう》した。事態を飲み込めないまま、現地へ赴くことができないラモ・ツォら家族は、続報を待つほかなかった。なす術はなく、いったん寝床につくことにした。

窓の外が、まだ暗闇と静寂に包まれている午前四時。

「ドゥンドゥップと電話がつながる」

ラモ・ツォの一声で、布団から飛び起きた。家族一同が一枚の毛布にくるまり、寝ぼけ眼《まなこ》のまま電話を待つ。すると、テレビ電話 Skype の着信音が鳴った。急いで通話ボタンを押すラモ・ツォ。ところが、いくら話しかけても応答がない。今日に限って Skype の調子が悪く、ま

「ふふふ。たいしたことないわ」

ようやくラモ・ツォは笑顔を取り戻し、笑いながら返事をした。

このとき初めて、ラモ・ツォは安堵の表情を見せた。


「どうだい？　英語はぺらぺらになったかい？」

「まぁまぁよ」

「すごいな、ぺらぺらかい」


ラモ・ツォの返答に、子どもたちにもどっと笑いがこぼれた。ドゥンドゥップは、ピリピリした場の空気を和ます天才だった。ついさっきまで監獄に囚われていたとは思えないほど、冗談まじりに話を続けた。

ドゥンドゥップは子どもたちとも話したがった。四人とも幼い頃に別れたので、声を聴いただけでは、誰だか判別もできなかった。このときドゥンドゥップがこだわっていたのは、子どもが話す言語だった。「チベット語が話せるか？　チベット語を勉強するんだよ。米国にいても忘れるんじゃないよ」と何度も言い聞かす。その度に、子どもたちはチベット語で相づちをうった。再会の約束ができたら……と願うラモ・ツォをよそに、ドゥンドゥップは電話の終わりに告げた。

「ふと思ったんだけど、私の人生は、なんでこんなに大変なんだろう。これもカルマなのかな。これからまたチャンスを待って亡命しないと。今の状況だと相当厳しいよ。さっき、自宅に公安がやって来たよ。また中国当局に捕まるかもしれない」

窓の外が、白み始めていた。サンフランシスコの町並みを朝日が照らす。ゴールデンゲート・ブリッジが黄金に輝いていた。

その日からドゥンドゥップは、自宅軟禁状態となった。

ラモ・ツォの手紙

ドゥンドゥップが釈放される数日前、ラモ・ツォは、夫へのメッセージを手紙に託した。音声で録音したものを故郷の姉へ送り、友人が文字起こししてくれていた。出会った当初、ラブレターを書いてくれたドゥンドゥップへ、長い歳月を経て返事を書いたのだ。

愛する夫、ドゥンドゥップ・ワンチェンへ

お元気ですか？　いつもあなたが元気に過ごしていることを願っています。

こちらはお義父さんお義母さん、そして子どもたちも全員元気です。話したいことがたくさんありすぎて、どこから始めるべきかわかりません。

これまで伝えることができていたら良かったのですが、私は読み書きができなかったので、言いたかったことはすべて私の頭の中に残されています。今まで私があなたに手紙を書かなかったことに対して、あなたが怒っていなければ良いのですが！

あなたに話したいことがあっても、その度にあなたに手紙を送ることは私にとって非常に困難です。代わりに、私が伝えたい言葉をできるだけ記録し、それらを姉に送り、紙に書いてもらいました。そしてようやくあなたにこの手紙を送ることができています。あなたに無事届いていることを願っています。


家族全員、あなたが戻る日を心待ちにしています。私たちが離れ離れになってから、一度も幸せだと感じたことはありません。

愛する夫へ。私はあなたから一歩も離れたくありません。どうやら長年離れ離れに過ごすことは、私たち家族の運命のようです。あなたがベッドの上で読書している気配をいつも感じたり、あなたが私に話しかける声が聞こえるようなときさえあります。思い返すと、耐えきれない悲しみに覆われます。しかし、私たちはこの辛さを乗り越えなければいけませんね。

あなたが望んだとおり、私は娘たちを一年のあいだだけ、寄宿学校から家に引き取りました。いつも彼女たちは「お父さんはお母さんに、私たちを家に連れて帰るようにと言っていた。お母さん、私たちを家に連れて帰って」と私にせがんでいました。でも家に連れて帰って以来、あの憎い二〇〇八年（ドゥンドゥップの逮捕）のせいで、私たちは幸せに暮らしたことがありません。二人の娘と私は、毎日涙を流しながら日々を過ごしています。しばらく経ってもあなたから連絡がなかったので、私たちは絶望の海に溺れていきました。

しかし私はあなたの声を聞きたくても、あなたのことを支えたくても、毎日涙を流すこと以外何もできません。あなたのいない寂しさで心が痛むとき、私の涙は流れます。娘たちに見られまいと、いつもあなたのことを想い苦しむときは、彼女たちから顔を背けて泣きます。

しかし、娘たちはいつも私にこう言います。「顔を背けないで！　お母さんは顔を背けるといつも泣くでしょう？　こっち向いて！　そんなに泣かないで！」そして毎回、彼女たちは私の涙を拭ってくれます。

私は泣き続けます……そしていつも彼女たちにこう伝えます。「あなたたちの両親、とくに、こうして今とても苦しんでいる母親は、教育を受けていません。教育を受けていないと本当に惨めになります。だから、あなたたちは勉強しなさい。お父さんもお母さんもあなたたちの明るい未来を願っていますから」そして彼女たちは「お母さん、心配しないで！　私たち、しっかり勉強するから」と答えてくれました。それ以来、いつもたくさん文章を書いたり、本を読んだりしています。

愛する夫へ。彼女たちが宿題をしている姿を見ると、あなたもきっとその姿が見たいことだろうと思い、涙がこぼれそうになります。そんな私に気づいた彼女たちはまた言いました。「お母さん、今何をしそうかわかっているよ、泣かないで。お母さん、お父さんがいなくて寂しいのね……泣かないで！　私たちがここにいるから」そして私たち三人とも座って一緒に泣きました。

愛する夫へ。彼女たちがいつも私を慰めてくれていたこと、知っていますか？「お母さん、心配しないで。お父さんは大丈夫、もうすぐ帰ってくるから。私たちが助けるよ」と言ってくれるのです。また、よくこのようにも言ってくれました。「お母さん、朝パンを焼くとき、私たちを起こして。手伝うから」朝、家にいるのは私だけだったので、娘たちを連れて道端でパンを売りました。私がパンを売っているあいだ、彼女たちを横で勉強させました。彼女たちが学校に戻るまでそうしました。

そういったわけで、子どもたちのことはあまり心配しないでくださいね。子どもたちは勉強をよくがんばっていますし、友達もいます。だから、私たちのことはまったく心配いりません。二〇一三年二月がすぎたら、上の息子たち二人は高校一年生、長女は中学二年生、そして次女は小学六年生になります。

このなかで一番勉強が得意な子は誰だかわかりますか？ ラモ・ドルマなんです！ 今年の五年生の試験でも、彼女は成績がトップでした！ この話を聞いて喜んでもらえることを願います。

毎年、学校で開かれる懇談会に参加していますが、いつも子どもたちはしっかり勉強していて、他の生徒とも仲良くやっていると先生方は教えてくれます。とくにラモ・ドルマに関してはまったく心配ない、むしろ素晴らしいと担任の先生が褒めてくださいました！ このような報告を聞いて、いつもとても嬉しい気持ちで帰宅します。もしあなたもこの報告を聞けたなら……と思うと、喜びと悲しみで涙があふれます。

愛する夫へ。あなたはいつも、私は正直でしっかり者のラブランの女性らしくないと言っていましたね。ラブランの女性はやるべきことはすべてやる、だからいつも自分に「辛いのは私だけではない、だから苦しいことも乗り越えなければいけない」と言い聞かせています。家族を守る義務を果たすには、私自身の健康もしっかりと管理していかなければいけませんね。

愛する夫へ。私のことは心配しないでください。あなたと結婚した理由は、何があっても、たとえ充分な食料がないときがあっても、人生の美しい瞬間をあなたと一緒に分かち合いたいからです。しかし、私たちは離れ離れになり、人生を六年も別々に過ごしています。

愛する夫へ。あなたがいないあいだ、私たち家族は一度たりとも光り輝く幸せを感じたことがありません。あなたもわかっていると思いますが、あなたが帰ってくる日こそ、私たちの人生で一番幸せな日となります。

愛する夫へ。覚えていますか？　私が外出から帰ったある日、あなたは私にこう言いました。「あなたは家にいて温かいお茶を淹れてほしいな」私はこの言葉を今でもはっきりと覚えています。

あぁ、あなたが恋しい、今すぐにでも会いたいです！

時々、あなたに似た誰かの声と足音が聞こえてくると、あなたに無性に会いたくなり、涙がこぼれます。時々、手をつないだカップルが道を歩いている姿を見ると、私たちが昔、ラサにいるとき同じように歩いていたことを思い出し、言葉に言い表せない気持ちが込み上げてきます。

愛する夫へ。ある日、あなたが病気のときに私が傍にいなければとても寂しくなると、私に伝えてくれましたね。過去を振り返ると、本当に寂しくなり、あなたに会いたくなります。しかし、悲惨な運命があなたを奪い、拷問という恐怖と直面しているときに私が傍にいてあげられなかったこと――これが私の人生で一番の後悔です。私にはあなたのためにできることがありません。私は少しでも体調を崩すと、あなたにもっと会いたくなります。私が今、あなたがこれほど苦しんでいるときにあなたの傍にいてあげられなくて、何もしてあげられなくて、本当にごめんなさい。


愛する夫へ。いつか近いうちに私たちが一緒になることを願い、祈り続けています。いつか私たちは幸せな明日を迎えるはずです！

涙が流れるたびに私は自分を慰めますが、あなたのことを想い、あなたが今何をしているかと想いを巡らせると、さらに会いたくなります。ときどき、あなたのことだけを考えると、頭がおかしくなってしまいそうな気持ちになります。

そのようなときには外出してリフレッシュします。あなたの辛さが私の辛さより重いものだと気づくと、私の苦しみなんて大したものではない！　と自分に言い聞かせます。

愛する夫へ。私たちはあなたが戻り、家族がひとつになれる日を心待ちにしています！

今回この手紙があなたのもとへ無事届いたら、これからもっと手紙を送ります！

ご存じのとおり、手紙を書くことは、私にとって人生で一番難しいことです。今まで手紙を書かなくて本当にごめんなさい。今まで、どうにかしてあなたに手紙を書こうと、いろんな人に助けを求めましたが、どこから話し始め、どのように文章をまとめるべきか、わかりませんでした。

なので、今さらになってしまい、本当にごめんなさい。この手紙が届いたら、あとはあなたが懲役を終え、早く私たちのもとへ帰ってこられることを心待ちにしています！

それではまた！

愛を込めて

あなたの妻、ラモ・ツォより

（訳：ゲニェン・テンジン／柳田祥子）

第四章　再会

十年ぶりに再会を果たした家族　©Filming for Tibet

映画の日本公開

二〇一六年六月、ドゥンドゥップ・ワンチェンが釈放されてから二年が経とうとしていた。その間、ドゥンドゥップは、政治的権利が剝奪されたまま、自宅軟禁状態だった。「政治的権利剝奪」とは、四つの権利——①選挙権、被選挙権、②言論・出版・集会・結社・デモ行進の自由、③国家機関の職務を担当する権利、④企業・事業単位および人民団体の指導的職務を担当する権利——が剝奪されることを意味する。つまり、政治的、精神的人権の中心的な部分が剝奪されているということである。もちろん、身分証にも記録されるため、仕事を得ることも遠出することもままならず、遠出する場合は事前に公安に報告し、常に監視され、自由に動くことができない状況だった。

ドゥンドゥップが置かれている立場を考えたとき、ラモ・ツォのドキュメンタリー映画を発表することにためらいがあった。映画を発表することで、再びドゥンドゥップに危険が及ぶ可能性があったからだ。

そんな折、ドゥンドゥップの政治的権利剝奪期間が二〇一七年六月をもって終了するという連絡が入った。ドゥンドゥップの置かれている状況が、にわかに好転するかもしれない予兆があった。その時機を見計らって、映画の発表についてラモ・ツォやスイスにいるドゥンドゥップの仲間に相談してみると、「発表すべきだ」と二つ返事で上映を承諾された。

「政治犯が主人公の映画はあるかもしれない。けれど、政治犯の妻、家族がどのように生きているかを描いている映画は少ない。夫のことは心配いらない。私の物語なんだから」

自分のような「名もなき政治犯の家族」の状況を、少しでも代弁できるなら……というラモ・ツォの思いだった。映画のエンディングでは、ドゥンドゥップは釈放されたものの、家族は再会を果たせていない。ハッピーエンドではないこの事実こそが、今の中国、チベットが置かれている状況を映し出しているのではないか。このタイミングで公開することに意味があるのではないか――。こうして日本での上映を目指し、準備を進めることとなった。

公開するにあたり、資金集めに奔走しなければならなかった。映画は自主製作であり、スポンサーなどは皆無だった。ただ、チベットをテーマにするにあたり、特定のスポンサーを得たくなかった。チベット問題には、センシティブな部分があったからだ。

二〇〇八年、北京五輪開催における「フリー・チベット」運動の余波は、日本にも広がっていた。後にそれが、日本でチベット問題をテーマにするうえで、遺恨を残すこととなった。

当時、北京五輪の聖火は世界を巡っていた。ところが、その聖火リレーの光景は、異様なものとなっていた。英国、米国、フランスと回る聖火に対し、各国で抗議の人々が集まったのだ。

中国の人権問題を理由に、五輪開催に対して抗議する人々だった。そんなニュースが駆けめぐるなか、聖火リレーが日本にやって来た。聖火リレーの舞台は、長野県。「かつて冬季五輪が開催された長野県で再び聖火リレーをしよう」という理由だった。しかし、当初、出発地点として選ばれていた長野県の古刹《こさつ》、善光寺が、聖火リレー開催直前に辞退を発表する。

「オリンピックは〝平和の祭典〟であるはずなのに、その道から外れてしまっているように感じた。同じ仏教徒として、ただ〝純粋に〟チベットの人々が受けている苦しみを思って、出発地を辞退しようという話になったんです」

当時のことを知る、善光寺白蓮坊の若麻績敏隆《わかおみびんりゅう》住職が語る。しかし、この発表によって善光寺には、全国から激励と抗議の電話が殺到。国宝として指定されている本堂に、白いスプレーで落書きまでされる事態となる。ワイドショーでは、くり返し聖火リレーの行方について報道された。

聖火リレー当日の朝、長野市は異様な雰囲気に包まれていた。全国から中国側とチベット側の抗議者が集まり、町は中国の旗「五星紅旗」とチベットの旗「雪山獅子旗」で真っ赤に染まった。穏やかで静かな町に、歓声と怒号が響き、沿道に人だかりができていた。この両者のせめぎ合いのなかに、ちらほらと目に映ったのが、日本の旗「日章旗」だった。チベットを応援するという名目で、多くの右翼団体が抗議デモに参加していたのだ。実は、チベット問題は、「反中国共産党」ということから日本の右翼思想と共鳴しやすい。この抗議デモにも多くの右翼団体が動員され、中国共産党を批判する声が響いていた。読売新聞の長野県版には、当日の混乱や、参加団体について詳細に書かれている。

沿道を埋める中国旗とチベット旗。白いユニホーム姿の警察官らの中に埋もれた走者が、善光寺参道につながる目抜き通りを通ると、歓声や怒号が地鳴りのように包んだ。

10年前、平和の祭典・長野五輪の聖火が走り抜けた街は、この日、人権団体や右翼団体などが入り乱れ、政治的主張の場と化した。

（読売新聞夕刊・二〇〇八年四月二十六日版）

この長野での抗議デモがきっかけで、チベットを応援していた人のなかで、チベット問題に関わることを敬遠する人が出てくる。離れた理由を問えば、チベット問題が「政治的主張の場と化し」、特定の思想に利用される可能性があると実感したからだった。一部では、「チベットは、未来の沖縄の姿だ」と、中国脅威論として利用する人もいる。ダライ・ラマ十四世は、中国と対立せず平和的解決を目指す「中道」路線を選択しているというのに。

こうした経緯を見聞きしていた私は、どこかの団体などに依存することなく、映画公開までこぎつけたいと考えていた。この物語を政治的に利用されたくないと強く思っていた。それは、映画の主人公であるラモ・ツォをも裏切ることになるからだ。

ラモ・ツォは、かねがね「わたしは活動家ではなく、生活者だ」と語る。アジテーションをするのではなく、まずは、家族の生活を守るために経済活動をし、家庭の仕事が最優先だというポリシーがあった。さらに、中国人に対しても「中国の政府に問題はあるけれど、人はそれぞれ違うし、良い所も悪い所もある。中国人を嫌いなわけではない」という。中国人を「金の亡者」と冗談で笑うときもあったが、中国を感情的に批判することから一歩退いているように見えた。ダラムサラでは、中国の五星紅旗に火をつけるような過激な行動をするチベット人もいたからだ。熱狂しない彼女の振る舞いに、私は好感を持っていた。

私自身も、中国人に対して悪い印象を持ち合わせていなかった。二〇〇七年、初めて訪ねたチベットでも、公安には恐怖を覚えたものの、市井《しせい》の中国人には助けられた記憶ばかりが心に残っている。

学生当時、貧乏旅行をしていた私は、中国を離れる最終日に所持金をほぼ使い切ってしまっていた。そこで、フライトが朝だったこともあり、空港に宿泊してしまおうと考えたのだ。ところが、空港の片隅でベンチに座っていると、「そろそろ空港が閉まりますよ」と空港のスタッフに声をかけられた。その空港は、二十四時間営業ではなく、最終便が到着すると閉まってしまう空港だったのだ。途方に暮れていた私に手を差し伸べてくれたのが、空港で清掃員として働いている中国人の中年夫婦だった。このとき、何語でコミュニケーションをとったのか記憶に残っていない。けれど、その夫婦は空港近くの自宅に泊まらせてくれ、翌日にはフライトに間に合う時間に私を送り届けてくれた。

他にも、日本からのフライトで隣に座っていた中国人留学生の女性が、力を貸してくれたこともあった。中国の旅行会社に騙《だま》され、予約していたはずの宿がなく困っていた私を、四川省にある自宅に泊めてくれたのだ。そんな彼女は、日本に留学中、日本人男性から手ひどい仕打ちを受け、失恋したあげく金銭を騙しとられていた。話し込むうちに、「騙された者同士、お互いさまだね」と、互いに笑い合う不思議な仲になっていた。もちろん、それぞれ笑えるような体験ではなかったけれど。こうして私も、「中国人はちょっと……」というネガティブな感情を持っていなかった。だからこそ、ラモ・ツォの冷静さに、好感を抱いていたのだ。

ラモ・ツォの意思を考慮したうえで、映画を公開するために考えたのがクラウドファンディングだった。クラウドファンディングとは、群衆（＝クラウド）と資金調達（＝ファンディング）を組み合わせた造語で、インターネット経由で不特定多数の人に財源の提供や協力を請うシステムのこと。要は、資金を「不特定多数」の人から集めるシステムだ。結果的に、百人以上から協力を得て、三百万円以上の資金を集めることができた。そして、このクラウドファンディングの盛り上がりが功を奏して、二〇一七年に東京のポレポレ東中野という映画館での公開も決まった。上質な作品やインディペンデント映画を積極的に上映する気骨ある映画館だ。そんな映画館が、最も興行収入が見込めないといわれる海外を舞台にしたドキュメンタリー映画で、しかも無名の監督がつくる映画を上映してくれることになった。

そして、この映画公開をきっかけに、事態は急転していく――。

ラモ・ツォの来日

「もし、映画を日本で公開するなら、ラモ・ツォを日本へ呼んだらどうだい？」

それは、一通のメールから始まった。スイスの仲間たちからだった。日々、多忙を極めていたラモ・ツォに来日の相談をするかどうか迷っていたところの連絡だった。ラモ・ツォも「ぜひ、行きたい」という。それならばと、ラモ・ツォの日本入国ビザ取得作戦が始まった。

米国で難民認定を受けているラモ・ツォは、米国のグリーンカード（永住権）は取得しているものの、市民権はなく無国籍だった。だが、外国への渡航が困難かといえば、そうでもない。インド政府が発行する「ＩＣ（国際難民認定証）」を持っており、それがパスポート代わりとなるので、渡航先のビザさえ取得できればその国への渡航は自由だった。

ＩＣは、黄色い薄いブックレットであることから、チベット人からは別名「イエローブック」とも呼ばれている。年間の発行部数が限られ、長期滞在者や上級僧が優先で入手困難なことから、インドで難民として暮らすチベット人にとって、喉から手が出るほど欲しいブックレットである。

ダラムサラに亡命したチベット人が、身分を証明するために最初に手にするのは、「ＲＣ（Indian Registration Certificate for Tibetans＝難民認定証）」という青いブックレットだ。これもインド政府から発行されるもので、インド国内限定ではあるが、難民としての身分を保証されるものである。このRCがあれば、インド国内を自由に移動することができ定住も可能である。そして、このRCの国際版がICであり、パスポートのような夢の存在だ。

このICは、インド以外の国でも通用するものであり、米国で暮らすラモ・ツォが持っていても、パスポートと同じ役割を果たしてくれる。米国から日本へ渡航する場合、このICを使ってビザを取得し、日本に入国することができるのだ。ところが、問題がひとつあった。それは、各国の大使館や入国審査場で、このICの存在が知られていないということ。そのため、ビザの取得や入国の際に時間を要し、ときには入国が許されないこともあった。

「ICを知らない大使館が多いから、事前に大使館にビザ取得の件で質問をして、ICの存在をアピールするのがいいですよ」

何度かICを持つチベット人を日本に招聘《しょうへい》している人からアドバイスをもらい、在サンフランシスコ日本国総領事館のスタッフの方に相談しながら、ビザ申請の資料を作成した。案の定、ICの存在は知られておらず、「なるべく早く資料を見たい」と急《せ》かされることとなった。

幸運だったのは、ラモ・ツォの仕事場の近くに、私の学生時代の友人が暮らしていることだった。英語と日本語、両方の書類を確認してもらうことができる。ラモ・ツォは英語の会話は慣れてきていたが、書類を作成することはまだ不慣れだった。子どもたちも同様だ。しかし、日本での旅行スケジュールなど基本的な資料はこちらで準備できたものの、ラモ・ツォの仕事場の住所や連絡先、銀行の残高証明の資料は、彼女自身で作成する必要がある。私とラモ・ツォは、音声メッセージと写真を添付してのメールのやり取りで意思疎通をはかっていたが、私のつたないチベット語では不安があった。そんなとき、サンフランシスコ在住の友人から「力になれることがあれば、言ってね」と連絡が入ったのだ。友人は、資料をチェックし、最終的には領事館まで同行して一緒に書類を提出するという万全の態勢で、ビザ申請のサポートをしてくれた。

「読み書きができないということが、どういうことだか少しわかった気がする。でも、ラモ・ツォさんが聡明なのは、とても伝わった」

申請後、友人から送られてきたメッセージだった。その言葉と一緒に、サンフランシスコの町並みを背景に、笑顔で写る友人とラモ・ツォのツーショット写真が送られてきた。

日本とラモ・ツォがつながったと感じた瞬間だった。

奇跡の報せ

会場には、万雷の拍手が響いていた。その拍手を浴びながら、アムド地方の民族衣装を着たラモ・ツォが登場した。

二〇一七年十一月十八日。東京のポレポレ東中野で、映画『ラモツォの亡命ノート』が封切られた。無事に日本入国ビザを取得したラモ・ツォは、来日を叶え、メディアの取材を受けたり、富士山や浅草を観光したりと短い日本滞在を忙しく過ごしていた。日本で最も驚いていたのは、電車に乗っている日本人のほとんどがスマートフォンに目を向けていることだった。

「なぜ、みんな下を向いているの？　みんな同じポーズをしている！　しかも高齢者に席をゆずらないなんて」と怪訝《けげん》そうにのぞき込んでいた。

あるとき、ラモ・ツォが冗談まじりに言った。富士山へ向かう途中だった。

「マリエ、いつ子どもをつくるの？」

こういうとき、チベット人は清々《すがすが》しいほど遠慮がない。結婚してしばらく経っていた私に、率直に質問をぶつける。

「ドゥンドゥップが亡命できたら、私も安心して子どもが産めるんだけどね」

こちらも冗談めかして答える。すると、ラモ・ツォは突然、神妙な面持ちになって言った。

「ドゥンドゥップの亡命を、諦めていない」

ほぼ絶望的だろうと考えていた私は、耳を疑った。

「ルートはあるの。だって、彼の仲間だったゴロク・ジグメ・ギャツォだって亡命できたでしょう。ドゥンドゥップにできないはずはない。けれど、大金が必要になる。彼のときと同じ三十万元（四百八十万円）くらい」

ゴロク・ジグメ・ギャツォとは、ドゥンドゥップと一緒に映画を撮影し、同じ時期に逮捕された僧侶だった。彼は、何度か中国当局に拘束されたものの、早期に釈放され、二〇一四年にインドへの亡命を成功させていた。大金を要する理由は、亡命のための秘密のルートには、道案内をするブローカーが存在するから。亡命する人物が要人であればあるほど、中国当局の監視は厳しく、ブローカーの負うリスクも高くなる。そのため、ブローカーに支払う亡命費用は跳ね上がった。かつてドゥンドゥップが、単独でチベットとネパールを行き来していた頃とは、彼の立場は大きく変わっていた。

　ラモ・ツォと相談し、映画の売り上げをすべてドゥンドゥップの亡命費にしようと決めた。亡命費を支払うことになるブローカーは、裏社会とつながっている。そのブローカーが私腹を肥やすことについての批判はあるかもしれない。これで亡命に失敗し、逮捕されたとしたら、日本であれば「自己責任」だと言われるだけなのかもしれない。それでも、今の中国において、ドゥンドゥップが家族と再会するためには、この道に賭けるしかなかった。

　ラモ・ツォの帰国を翌日にひかえた夜。最後の舞台挨拶を終え、眠りにつこうとしたそのときだった。涙を流しながら、ラモ・ツォが私に駆け寄ってきた。

「ドゥンドゥップが、亡命できるかもしれない……」

　スイスにいるドゥンドゥップの従兄弟ジャムヤンから連絡が入っていた。詳細は、ラモ・ツォにもわからなかった。ただ、「亡命の準備が整った。もう命については安心して大丈夫だ」という一方的な報せだった。

　予兆はあった。実は来日中に、ラモ・ツォは予定していた「ドゥンドゥップの映画『恐怖を乗り越えて』を観て語る会」というイベントをキャンセルしたいと突然申し入れてきたのだ。また、在日チベッタン・コミュニティの集まりにも顔を出したくないと頑なだった。「政治的なことに関わりたくない。ドゥンドゥップを想起させる行動をとりたくない。あくまで自分の映画の宣伝だけにとどめたい」と。理由を問うと、来日する数日前から、突然、ドゥンドゥップと連絡が取れなくなったのだという。危険な状態にあるのか、それとも何かを企んでいるのか、何も知らされていなかった。そうした不安から、日本でも慎重に行動したいのだと言った。

従兄弟ジャムヤンの電話口の声は弾んでいた。「大丈夫。もう心配することはないよ」とラモ・ツォに優しく語りかける。ときに厳しい口調になったが、それは「まだ誰にも話すな」と言うときだった。この事実は、まだジャムヤンの仲間とラモ・ツォしか知らなかった。ジャムヤンは、何度も「マリエにも話すな」と念を押した。ラモ・ツォの隣に、私がいることも知らずに。

この奇跡の報せと映画の公開が重なったことは、偶然であろう。しかし、カルマだろうか、何か見えない力が働いているようにしか思えなかった。

ラモ・ツォが帰国して数日後、私は新幹線で神戸へ向かっていた。亡命資金を集めるためだった。米国に帰国したラモ・ツォとの約束。それは、亡命資金を互いにどうにか工面しようということだった。映画の売り上げが手もとに入るのは、まだ先の予定だった。ちょうど映画が上映中だったこともあり、アナウンスをすれば、資金は簡単に集まるかもしれない。だが、秘密裏に事を進めなければならなかった。私は、信頼ができ、秘密を厳守できる人、さらに資金について相談にのってくれそうな人に不躾《ぶしつけ》なメールを送った。

「相談があるのですが、メールでは話せません。時間があれば、お会いできませんか」

こんな得体の知れないメールにもかかわらず、数名の人が会ってくれ、そして相談にのってくれた。

東京で協力をしてくれた男性は、二〇〇八年、ドゥンドゥップの映画に日本語字幕をつけたメンバーのひとりだった。一九九〇年に旅の途上でラサを訪ね、町のヒリヒリした異様な雰囲気からチベットへ関心を寄せ、三十年近く支援を続けていた。ドゥンドゥップのことも、当初から釈放を訴え、啓蒙活動や署名活動を日本で続けていた。

そして、この神戸行きもまた、相談にのってくれるというある人物に会うためだった。その人は山好きが高じてネパールへトレッキングに行った際、チベット難民に出会ったことがきっかけでチベット問題に興味を持ったという。今では、ダラムサラの「チベット子ども村」の里親にもなっていた。

駅に着くと、すぐ目の前には海が広がっていた。潮の香りが鼻をくすぐる。須磨《すま》海岸に吹く冷たい風は、秋の終わりを告げていた。須磨で暮らすその人は、「メールでは話せない」という内容から事情を察してくれ、「協力しますよ」とひとこと連絡をくれたのだった。事情を話すと、「そんなことだろうと思っていました」と微笑んだ。

こうした小さな善意がつぎつぎと集まり、数日のうちに亡命資金がそれなりに整った。

須磨海岸からの帰路が、今でも忘れられない。人の優しさに触れ、まるで希望の光が差しているかのように、大阪湾が輝いて見えた。ドゥンドゥップの亡命について、いまだ半信半疑でいた私だったが、いつのまにかそれが確信に変わっていた。

それから数日後、ラモ・ツォから音声メッセージが届いた。

「今すぐに米国へ来て」

私は急いで亡命費の送金をすませると、誰にも言わずに米国へと旅立った。十二月十二日、映画の公開から一ヶ月も経っていなかった。

再びアメリカへ

三度目のカリフォルニアで、私の胸は期待と不安で高鳴っていた。映画や写真でしか見ることが叶わなかった人物と、会えるかもしれなかったからだ。きっと私以上に、ラモ・ツォや子どもたちは心を躍らせていることだろう。夢が現実になるのだ。

「元気にしてた?」

最初に迎えてくれたのは、子どもたちだった。ラモ・ツォは、平日も土日もハウスキーパーの仕事で忙しく、朝七時前には自宅を出て、夜の九時まで帰ってこない生活をしていた。

家族は、住み込みで働いていた雇い主の家を出て、サンフランシスコの隣町オークランドに引っ越していた。雇い主の親族が、ラモ・ツォたち家族を快く思っていないことを察して、家を出ることにしたのだ。サンフランシスコは、家賃が月二千ドル（約二十二万円）もすることから、月千四百ドル（約十六万円）と相場の安いオークランドを選んだ。治安は少し悪かったが、昼間の明るいうちは問題なかった。新居は二階建てのアパートでオートロックがついていた。一階で日当たりは悪いけれど、家族六人で暮らすには申し分のない広さだった。

「ネズミが出た!」

次女のラモ・ドルマが叫ぶと、他の兄妹三人が部屋から飛び出し、家の外へ追い出そうと捕獲作戦が始まった。殺生をすることなく家の外へ追い出すのは、至難の技。ネズミには逃げられ、四人は笑い転げた。「ネズミの好物に毒を塗って捕まえたら?」と私が提案すると、四人とも笑顔がなくなり、「死んじゃうじゃない。なんて可哀想なの」と次女が私に冷ややかな目を向けた。

相変わらず仲睦まじい兄妹で、冷蔵庫には、料理当番の表が貼られていた。「チベット子ども村」で料理の腕を鍛えられている四人。母が働きに出ていても、家事で困ることはなかった。

四人の子どもたちは、四者四様に初めての米国生活を過ごしていた。

長男のタシ・ツェリンは、この年二十三歳になった。口数が少なくもの静かであるが、優しい心の持ち主。妹たちが困っていると、すぐに手を差し伸べてくれる頼りがいのある兄だった。ただ、インド生活が長かったせいか、米国にはなかなか慣れなかった。アルバイトを始めても、時間厳守などの規則を守ることができず、一ヶ月も経たないうちに辞めてしまうことをくり返していた。ラモ・ツォは、長男のことを最も気にかけていた。「この子が、一番インドへ帰りたがっているの」と心配そうに話す。最近は、同世代の亡命チベット人仲間たちと夜の町に遊びに出かけることが多く、外泊も増えていた。

一方で、米国生活に馴染んでいるのが、二歳年下の次男テンジン・ノルブだ。パソコンが得意なテンジンは、個人でグラフィックデザインの仕事を立ち上げ、自身のホームページを作成。スマートフォンケースのデザインをするなど二十一歳の若さでビジネスマンの顔になっていた。英語も得意で、ラモ・ツォへの取材依頼の対応などは、すべてテンジンがおこなっていた。

さらに米国生活を謳歌《おうか》していたのは、次女のラモ・ドルマだった。短かった髪を肩まで伸ばし、ヘソ出しのスウェットシャツにぴっちりしたレギンスを着こなす。十七歳の美しい大人の女性に成長していた。韓国音楽が大好きで、Ｋ－ポップに合わせてダンスを踊り、YouTubeやインスタグラムに動画をアップロードするような、いわゆる「現代っ子」だった。

こうした兄妹たちを一歩退いて見ていたのが、長女のダドゥン・ワンモ。十九歳になったダドゥンは、母のよき相談相手であり、アルバイトで家計も支えていた。弁護士になる夢を持っていたダドゥンだったが、学費が払えないという理由から合格していた大学を諦め、専門学校へ通う準備をしていた。現実を考えて、会計士を目指すという。自らが置かれている状況について冷静だった。あるとき、二人でレストランへ食事に行ったときのこと。ダドゥンも韓国音楽に夢中で、外食はきまって韓国料理だった。

「私、お父さんの家族が好きじゃないの。お母さんのことを悪く言うから。他に男がいるだの、目立ちすぎだの、いろいろ言うから。でも、お母さんの苦労は、私たち兄妹がちゃんと知っているから、勝手に言ってろって感じだけどね」

飄々と話しながら、焼き肉を頬張るダドゥン。それぞれの家庭には、それぞれの事情があるとは思いながら、こうして心を砕き働くラモ・ツォに対しても風当たりが強いのかと残念な気持ちになった。実は、ダラムサラのチベッタン・コミュニティ内でも、ラモ・ツォは「他に恋人がいる」と噂されたり、「なぜ小綺麗な服装をしているのか」と邪推されたりしていると耳にしたことがあった。妬《ねた》みや嫉《そね》みもあるのだろう。彼女の人生は、輝かしいものであるように見えるかもしれない。しかしその陰で、どれだけの悲しみや苦しみを背負ってきたのか、他人は知らない。

「お母さんには秘密だよ。お母さん、知らないと思うから。噂したい人は勝手にすればいい。全部ウソだし、気にすることないんだから」

さまざまな局面で、母の噂を耳にしたのかもしれない。ダドゥンはこうした話を聞きながら、母を信じて受け流してきたのだろう。母も母なら、娘も娘、気丈で一途《いちず》な性格だった。

「またすぐに会えたわね、マリエ！」

夜九時をすぎた頃、仕事を終えてラモ・ツォが帰ってきた。ほんの数週間ぶりの私たちの再会は、とくに感動もなくあっさりしていた。

ドゥンドゥップの状況を聞くと、「詳しいことはわからない」と前置きしつつ、すでに安全な場所にいると言った。ただし、スイスの従兄弟ジャムヤン以外は、居所もわからず、ドゥンドゥップと連絡が取れていないということだった。どこで盗聴されているかもわからないからだ。一ヶ月以上のあいだ、ドゥンドゥップと音信不通状態が続いているのだと、神妙な面持ちでラモ・ツォは言った。

「実は、タイで保護されているんだよ」

後でこっそり、ダドゥンが教えてくれた。

チベットの灯明

オークランドに引っ越してから、ラモ・ツォはさらに忙しい日々を過ごしていた。朝は五時半に起床し、自宅の仏間で五体投地を百回する。仏間には仏画が飾られ、その前に置かれた棚に金色の器が整然と並ぶ立派なチベット式だった。五体投地が終わると、そそくさと洋服に着替え自宅を出発し、仕事場のあるサンフランシスコへ車で向かう。その仕事場へ向かうあいだも、無駄には過ごさない。同様にサンフランシスコへ向かう人を途中で乗せて、目的地まで運び、小金を稼いでいた。自己申告制だが、相場は片道1ドルらしい。車内では、市民権取得のための模擬面接のCDを聴き、勉強をする。例えば「アメリカの独立宣言を起草した人物は？」という質問に「トマス・ジェファーソン」と答えたり、上院議員の任期を答えたり。いつか面接試験を受けるときのために、熱心に耳を傾けながら運転をしていた。サンフランシスコに到着すると、仕事場へ行く前にスターバックスに寄る。そこでカフェ・ラテを飲みながら、今度はチベット語の勉強をする。チベット語の勉強は、米国に渡ってから本格的に始めていた。チベット本土に暮らす先生から微信でテキストが送られ、そのテキストをノートに書き写す。ラモ・ツォは、端正で美しいチベット文字を書いた。

「いつかチベット語で自分の物語を書きたいの。だから、英語だけでなく、チベット語の勉強もしないとね」

カフェ・ラテを手に、誇らしげに言った。


こうした朝の日課をこなし、九時には最初のハウスキーパーの仕事場へ向かう。仕事先は裕福な家庭だった。ラモ・ツォ曰《いわ》く、家主は、貿易ビジネスで成功をおさめた人らしい。ラモ・ツォの境遇もよく理解し、専用の部屋まで整えてくれていた。家主の夫人は、ラモ・ツォを信頼しきった様子で話す。

「彼女の自分で道を切り拓く姿は素晴らしい。彼女の夫の事情も知っている。そんななか米国で働く彼女の姿は、太陽みたいよ。熱心に働くし、とても丁寧だし、信頼している」

どこにいても、ラモ・ツォは慕われていた。

ハウスキーパーの仕事は一日に二軒。仕事を終えて自宅へ戻ると、子どもたちの誰かが夕飯をつくって待ってくれている。家族で食卓を囲み、一日の出来事を冗談まじりに話す。今も、食事はチベット料理がメインなのは変わらない。そして決まって、食事の前には経を唱えた。

ラモ・ツォにはひとつ望みがあった。それは、娘二人には、チベット人と結婚してほしいということ。

「米国に住んでいるチベット人はダメよ。基本的に英語を話すから。娘たちには、チベット、それもアムドで生まれ育った人と結婚してもらわないと」

至って真剣な面持ちで話す。どうやら、ラモ・ツォにとって米国で暮らすチベット人は、すでに欧米化されていて、「チベット人」と呼びたくないようだ。娘たちは、そんな話はもう聞き飽きたと言わんばかりの表情で生返事をする。

「そんな人とどうやって出会えっていうの？　しかも結婚したらどこに住むわけ？」

韓国のスターに夢中の娘たちは、母親の願いを聞き流し、K－ポップの音楽に合わせ、軽快に踊っている。ダドゥンはＥＸＯ、ラモ・ドルマはＢＴＳがお気に入りらしい。韓国語の歌詞も完璧だった。

滞在中、チベット暦の十月二十五日、ジェ・ツォンカパの命日を迎えた。ジェ・ツォンカパとは、チベット仏教最大の宗派ゲルク派の開祖のこと。ダライ・ラマ一世の師匠でもある。その命日には、毎年、ダラムサラでもチベットでも、町中のあちこちに灯明《とうみょう》を灯し、祈りを捧げる習わしがある。ラモ・ツォと娘たちも、この日はいつものように、仏間の前で灯明を灯した。経を唱えながら、米国の片隅で、ひっそりと。細々と続くチベットの伝統を、娘たちは受け継いでいくのだろうか。灯明の炎は、ゆらゆらと頼りなげだった。

亡命

「ドゥンドゥップがスイスへ向かっている」

スイスの従兄弟ジャムヤンからの連絡だった。子どもたちは声をあげて歓喜した。二〇一七年十二月十五日のことだった。

「これからスイスに会いに行こう！」

クリスマスを間近にひかえた子どもたちは、クリスマス休暇を使ってスイスへ行く準備を始めた。ラモ・ツォも、ドゥンドゥップが米国に亡命する可能性を探りながらも、スイス行きの航空券を調べ始めていた。ドゥンドゥップがスイスから米国へ亡命できるか、できないかの見通しは五分五分だった。ジャムヤンが水面下で動いている可能性はあったが、ラモ・ツォにはまったくわからなかった。

「スイスへ行くでしょ。だって、こっちはトランプだもん」

次女のラモ・ドルマが、困ったような顔つきで言った。移民に優しいサンクチュアリ・シティにも、トランプ政権の影は忍びよっていた。それを、十七歳のラモ・ドルマが深刻な顔つきで話すのだ。米国では、病院を受診するのも困難だった。健康保険に加入していないラモ・ツォたち家族にとって、医療費は信じられないほど高額だ。健康を害していると聞いていたドゥンドゥップのことを考えると、米国で暮らすのが最良の選択なのか、難しいところだった。

そんな厳しい現実への懸念も話題にのぼったが、夕飯の会話は、いつもよりも弾んでいた。ようやく一ヶ月ぶりに、音信不通だった父親と話せるのだ。

ドゥンドゥップが、スイスに無事に到着したとの報せが入ったのは、夜の十時すぎだった。家族は、ハイタッチをして喜びを分かち合った。ラモ・ツォもようやく安堵の表情を浮かべた。

時計の針が十二時を回った頃、ついにスイスとSkypeがつながった。

「イエーイ!!　お父さん!!　おめでとう!!」

娘たちが、万感の思いで語りかける。親指を立て、父の功績を称えている。

「もう、心配したんだから。突然、連絡もつながらなくなって。微信だって音信不通だし」

矢継ぎ早に言葉をかける。

「ようやく自由に話せるね」

これまで、中国で軟禁状態だったドゥンドゥップとは、当たり障りのない会話しかできなかった。亡命が成功して自由の身となり、ようやく互いに思いの丈を口にすることができるようになったのだ。

「お父さん、何か話してよ！」

娘たちが口々に言う。私も痺《しび》れを切らしてスマートフォンの画面にカメラを向ける。すると、ドゥンドゥップは静かに手で目を覆い、涙を流していた。

「……頭が痛いな」

泣き顔を見られないように、顔を下に向ける。亡命の疲れが残っているのだろう、ドゥンドゥップは反応が鈍かった。口数も少ない。ただ、穏やかな表情で微笑むだけだった。

釈放されて初めて電話がつながったときは、ラモ・ツォが涙を流し、ドゥンドゥップが戯けてみせた。ところが、今度は形勢逆転。大人になった娘たちが、静かに涙する父を笑わせようと語りかける。

「お父さん、早く米国に来て！　私がご馳走つくってあげるから。そっちには大好物のテントゥクがないでしょう？」

画面ごしにスイスにいる仲間たちが、どっと笑う。

「何を言ってるんだい。スイスにだってテントゥクはあるさ」

ジャムヤンが笑いながら答える。

「私がつくるテントゥクが一番なのよ。肉も入っているよ。だから、早く米国に来て！」

再び、Skypeの会話は笑いに包まれた。

このやり取りを、ラモ・ツォは静かに聞いていた。喜びを噛みしめるように。

「皆さんのおかげで無事に亡命ができました。ほんとうに感謝します。まだ夢をみているようです。尽力してくださり、ありがとうございました」

気丈に御礼を言うと、静かに電話を切った。ラモ・ツォは、喜びを押し殺しているかのように、冷静だった。

MY WHOLE FAMILY

ドゥンドゥップがスイスに亡命したとの報せを受け、ジョバンニは、ぎらぎらした目を輝かせながらも、少し悲しそうな表情をした。

「なんで何も話してくれなかったんだい？」

それでも彼は、「こんなに嬉しいことはない！」とさらに目を見開いて喜んだ。ラモ・ツォは、スイス行きの準備をしながらも、ドゥンドゥップが米国に亡命する術を探るため、ジョバンニに相談していた。スイスのジャムヤンも、ジョバンニに力をかして欲しいと連絡をしていた。ジョバンニは、米国の政治家や人権団体アムネスティ・インターナショナルにも通じる人だ。

「なんとかしてみよう」

その日は、お祝いも兼ねて、ジョバンニ夫婦とラモ・ツォの三人で、ワインを一本空けた。ジョバンニは、何度も「信じられない」と首を横に振りながら、ワイングラスをかたむけた。

数日後、ドゥンドゥップの米国ビザが取得できたとの報が入った。米国到着の予定日は、十二月二十五日、クリスマスだった。

「お父さん、お帰りなさい」

アパートの扉には、メッセージの紙が二枚、左右に貼られていた。右には英語、左にはチベット語で。部屋の中は、模様替えを終え、これから一緒に暮らしていくもうひとりの家族のベッドが準備されていた。その片隅には真っ赤なポインセチアの花が飾られている。ハウスキーパーをしている先の家族からのクリスマスプレゼントだった。

午後三時、家族は空港へ出発した。空は清々しく晴れ、まるでこれから到着するであろうその人を、温かく迎えてくれているようだった。

「お父さんが、サンタクロースだね」

嬉しそうに話す次女のラモ・ドルマは、いつもより入念にお化粧をしていた。ラモ・ツォも同様だった。慣れない口紅を塗り、何度も鏡を気にしていた。

空港には、ジョバンニ夫婦をはじめ、米国のチベッタン・コミュニティの代表が集まっていた。ドゥンドゥップの体調を考慮して、メディアにはまだ公表していなかったため、内輪のメンバーだけが駆けつけた。皆、白いカタ（儀礼用スカーフ）を手にさげ、歓迎の準備をした。ラモ・ツォの姿を見かけると「おめでとう！」と強く抱き寄せ、挨拶を交わした。

ドゥンドゥップの到着は、予定より二時間遅れていた。その間、私は奇跡の瞬間を撮り逃すまいと、ラモ・ツォら家族にカメラを向け続けていた。特殊なビザが原因だろうということは容易に想像がついたが、予想以上に待たされ、腕はわなわなと震え、指先は痺れ始めていた。釈放されたドゥンドゥップと初めて電話がつながったとき以来の緊張感だ。大きく違ったのは、まだあどけなかった子どもたちが大人へと成長し、頼もしく育っていることだった。不安そうな母を励ますように、母の背中をさする子もいれば、母に笑顔を向ける子もいた。待ちくたびれた私が、一度カメラをおろそうかとスイッチに手をかけたそのとき、空港の空気が一変した。

「パラ！（お父さん）」

ラモ・ドルマが、叫ぶと同時に駆け出した。そのすぐ後ろに長女のダドゥンが続く。二人の視線の先には、ひとりの男が立っていた。ドゥンドゥップ・ワンチェンだった。大人びていた二人の表情はほころび、一瞬にして少女の顔に戻ったように見えた。まるで、父とともに暮らしていた当時を思い出しているかのように。二人は、一度も会うことができなかった十年の歳月を忘れさせてしまうほど自然に、迷うことなく父の胸に飛び込んでいった。

ファインダー越しにその様子を捉えていた私は、次第に視界がかすんでいくのがわかった。涙がはらはらと落ち、カメラを持つ手が濡れた。これまでラモ・ツォら家族を撮影しながら、いつも〝不在〟として存在していたもうひとりの家族を、ようやくこの目で捉えることができたのだ。全身に鳥肌が立ち、心臓は高鳴っていた。が、次の瞬間、はっと我に返った。ラモ・ツォの姿が見当たらなかったからだ。カメラを後ろに向ける。するとラモ・ツォは、ゆっくりと歩を進めていた。目には涙をため、頬を赤らめて。離ればなれだった十年の時を、ゆっくりと埋めていくかのように。これまで見たことのない美しい表情で、ラモ・ツォは夫ドゥンドゥップのもとへ歩いていた。

ラモ・ツォがドゥンドゥップの胸へ飛び込んだとき、私は全身の力が抜けていくのがわかった。奇跡を目の当たりにした喜びと、ラモ・ツォのこれまでの苦労を思い、このうえない安堵感が生まれていたからだ。ずっと気を張って生きてきたであろう彼女のことを思い、胸が締めつけられた。ラモ・ツォもようやく肩の荷が下りたのだろうか、緊張の糸が切れたように泣き崩れた。これまで気丈にふるまっていた彼女は、この瞬間を待っていたかのように感情をあらわに涙を流した。

サンフランシスコ国際空港に到着したドゥンドゥップは、少し戸惑っているようだった。迎えてくれている人の顔を、ほとんど知らなかったからだ。だが、相手は自分のことを知っているらしかった。なかには、大粒の涙を流しながら、ドゥンドゥップに握手を求める人もいた。

ロビーは、ヒーローの到着で熱気に包まれていた。涙する人もいれば、喜びを分かち合い、抱き合う人の姿も見られた。

「もう、終わったんだよ。笑顔でいよう」

涙を流し、足もとがおぼつかないラモ・ツォの背中をさすりながら、ダドゥンが慰めていた。それでもラモ・ツォは嗚咽が止まらなかった。

ただひとり冷静さを保っていたのが、ドゥンドゥップだった。ひとりひとりに丁寧に挨拶をし、お礼を言って回った。写真を求められれば一緒に撮影し、握手を求められれば手を差し出した。

まもなくしてラモ・ツォが、私をドゥンドゥップのもとに連れて行った。「彼女が、日本人のマリエよ」とドゥンドゥップに紹介する。すると、ドゥンドゥップは、こめかみを押さえて何かを思い出そうとした。

「えっと……日本語知ってます。なんだっけ……あ、バ、バッキャロー」

中国で抗日ドラマを観すぎているせいか、彼の知っている日本語は汚い言葉ばかりだった。その言葉を聞いた私と娘たちは、顔を見合わせて大笑いし、ラモ・ツォは、私に気を遣ってか、ばつが悪そうに顔を下に向けた。

自宅に戻ると、娘たちが、約束していたテントゥクをつくり始めた。小麦粉に水を加えて力いっぱい捏ね、種を発酵させる。そのあいだに、鶏がらのスープで、根菜と牛肉をたっぷりと煮込む。ぐつぐつと煮立ったら、発酵させた小麦粉の生地をきし麺のように平べったく延ばし、その中にちぎりながら入れていく。仕上げに刻んだ香菜をふりかければ、ドゥンドゥップの大好物テントゥクの完成だ。部屋の中は、たちまちチベットの香りに包まれた。

家族全員がそろって食卓を囲む。十年ぶりどころか、一家団らんの食事は初めてだった。それでもドゥンドゥップは口数が少ないままだった。疲れているのだろう、時おり放心したような表情をしていた。息子たちも少し照れているのだろうか、静かに座っていた。上機嫌なのは、ラモ・ツォと娘たちだ。空港のロビーで、ドゥンドゥップに号泣しながら握手を求めてきた男性のモノマネをしては、きゃっきゃっと笑い合った。

食後、ラモ・ツォが少し恥ずかしそうにしながら家族に声をかけた。

「お散歩してくるわ。ドゥンドゥップも煙草《たばこ》を吸いたいみたいだし」

すでに煙草を口にくわえたドゥンドゥップを連れて、ラモ・ツォは玄関を出た。

「ヒュー」

娘たちは、冷やかすように歓声をあげニヤついている。

小柄なドゥンドゥップは、ラモ・ツォと並ぶと肩の高さがほとんど同じだった。二人はつかず離れずの距離を保ちながら手をつなぎ、ゆっくりと夜の町に消えていった。

ドゥンドゥップが到着して二日後、ドゥンドゥップが亡命を成功させたことについて、スイスの仲間たちからプレスリリースが出された。同時に、チベットメディアからも続々とドゥンドゥップの米国到着について報じられ、世界中に散らばるチベッタン・コミュニティが歓喜にわいた。娘のダドゥンが、関係者のなかで第一報となる写真を facebook に投稿した。

私の家族全員を紹介します♡最後まで私たちをサポートしてくださった皆さんに感謝の気持ちを伝えます……私たちは、永遠に夢のようなこの世界で生きていきます

（2017/12/28　訳：筆者）

投稿された写真には、真っ青なサンフランシスコ湾を背景に、家族全員が晴れやかな笑顔で映っていた。ダドゥンは、あえて「my whole family（私の家族全員）」と書き、「全員」を強調する小粋な文章を載せた。この投稿は、アップロードされるや、瞬く間に世界中から「いいね」ボタンが押されていった。私のアカウントもタグ付けされていたため、私のスマートフォンも、朝から通知が鳴り止まない状況が続いた。ドゥンドゥップの亡命は、二〇一七年の最後をしめくくる一大ニュースとなった。ただしこの時点では、ドゥンドゥップの心の状態を考慮して、彼へのインタビューは禁止とされた。代わりに取材に応じたのが、ラモ・ツォだった。ラモ・ツォは澄ました顔で、感謝の言葉をのべた。

「皆さんの弛み無い協力のもと、ついにドゥンドゥップと再会できました。これまでの温かい応援に感謝します」

そんななか、米国のある政治家が自身のTwitterにドゥンドゥップへの歓迎の意を示す投稿をした。

中国の政治犯だったチベットの映像作家ドゥンドゥップ・ワンチェンさんをサンフランシスコに迎えられたことを誇りに思います。

私の思いは、長い年月を経て、離ればなれだった妻と子どもたちと再会できた彼の思いとともにあります。

（2017/12/28　訳：筆者）

民主党議員のナンシー・ペロシだった。かねてよりチベットの人権問題について積極的に発言し、ダラムサラを訪ねたこともある人だ。下院議長の経験もあり、力のある人物だった。ドゥンドゥップの米国亡命に際して、水面下で彼女が動いていたことは明らかだった。

こうして、ドゥンドゥップの秘密裏の亡命劇は、さまざまな見えざる手を借りて成功に終わった。しかし、どのような手はずで、どのような道のりで亡命したのか。タイで保護されていたとは、どういうことなのか。そして監獄にいるあいだ、また自宅軟禁状態のとき、どのような生活をしていたのか。数々の疑問が残されていた。

ドゥンドゥップの米国到着を見届けたのち帰国していた私は、数ヶ月後に再びアメリカへと赴くことになる。堅く口を閉ざしていたドゥンドゥップが、その重い口を開いてくれることになったのだ。

第五章

ドゥンドゥップの秘密

インタビューに答えるドゥンドゥップ

〝水の都〟ミネアポリス

自動車配車アプリ、ウーバーの運転手は、ソマリアからの政治難民だった。

「この町は、難民にとって住みやすいところだよ」

二〇一八年八月、ドゥンドゥップの亡命のニュースから八ヶ月が経っていた。私は、ドゥンドゥップへ単独インタビューをおこなうために、再び米国にいた。場所は、サンフランシスコから飛行機で東に四時間ほどかかるミネソタ州ミネアポリス。ラモ・ツォたち家族は、さらに家賃が安く、チベット人が多く暮らす町を求め、引っ越しをしていた。

ミネアポリスもまた、サンクチュアリ・シティだった。移民や難民が多く暮らし、さまざまな肌の色の人が町を歩く。ウーバーを利用すれば、その運転手のほとんどの出自が米国以外だった。思いがけない出来事もあった。レストランで私と通訳者のチベット人が日本語で話していると、その店の店員から「あなたたちは、チベット人?」と声をかけられたのだ。それもそのはず、この町は、チベッタン・コミュニティが米国の中でニューヨークに次いで二番目に大きく、三千人以上が暮らしているからだった。町には数軒のチベット料理店もあり、チベット人が身近なのだという。

チベットだけに留まらない。ミネアポリスには世界で最も大きい「モン族」のコミュニティもある。モン族は、もともと東南アジアや中国の山岳地方に暮らす民族。さまざまな歴史に翻弄され、行き場がなくなった彼らを受け入れたのも、この町だった。

モン族といえば、クリント・イーストウッド監督の映画『グラン・トリノ』（二〇〇八）が印象深い。アジア系への差別意識が強い白人の主人公が、モン族の家族と親交を深めることによって価値観を変えていくというストーリーだ。この物語の誕生の背景には、脚本家の出身がミネソタ州で、モン族と交流があったことがきっかけで彼らを映画に登場させたのだというエピソードがある。他にも、一九九〇年代にソマリア難民を積極的に受け入れ、米国で最大のソマリア難民コミュニティが形成されている。二〇一八年には、下院議員選挙で、ソマリア系として米国史上で初めて公職に就いたイルハン・オマル議員を誕生させた。オマル議員は、ソマリアの難民キャンプで生まれた移民であった。

町の名は、地元の人の言葉で〝水の都〟という意味だ。その名のとおり、町には世界三大河川のひとつ、ミシシッピ川が縦断している。米国の大動脈ともいわれるこの大河は、町に繁栄をもたらし、巨大都市へと発展させた。一方で、南北戦争の舞台ともなり、悲しい歴史を見つめてもきた。この豊かな水の流れに導かれるように、町にはさまざまな背景を持った移民たちが流れ着き、居を構えているのだ。

ほんの八ヶ月前、米国に到着したドゥンドゥップもまた同じだった。「チベット人が住みやすいよ」という知人の助言を受け、ミネアポリスに移住することを決めた。

そんなドゥンドゥップは、さまざまなスピーチの場で自らの体験を語っていた。チベットメディア（ボイス・オブ・アメリカ）でのインタビューを皮切りに、米国議会の公聴会でのスピーチ、民主党議員ナンシー・ペロシとの会談など、引く手数多《あまた》だった。その都度、彼は自身の映画を製作した動機や監獄の体験を語っていた。しかし私は、その映像を観て、物足りなさを感じていた。今回のインタビューでは、どうにか彼の核心に触れたいと淡い期待を抱いていた。

「元気にしていた？　ついにね！　おめでとう！」

開口一番、ラモ・ツォは私に祝福の言葉を贈ってくれた。実は、私のお腹には新しい命が宿り、まもなく六ヶ月を迎えようとしていた。ラモ・ツォは少しふくらんだ私の腹部を触りながら、顔をほころばせる。

「私もこのくらいの時期だった。ラモ・ドルマがお腹にいるときに、ダラムサラからチベットへ戻ったのよ」

そうだった。ラモ・ツォは、次女のラモ・ドルマを身ごもったまま、ダラムサラからチベットへ、国境を徒歩で越えたことがあったのだ。当時は肝炎も患っていたはずだ。飛行機に乗って海を越えて来ただけでヘロヘロだった私にとって、ラモ・ツォの国境越えは、想像だにできない行動だった。

「そういえば、あのとき国境警備隊に捕まっちゃったのよね。つけていた指輪を賄賂にして、なんとかしたけど」

そう笑って話す彼女の強靭《きょうじん》さに、改めて感服してしまう。どうやら肝炎の症状は、すっかり治まっているようだった。


引っ越しをしたはずのラモ・ツォたち一家だったが、長男は仕事を続けるため、サンフランシスコに残っていた。ラモ・ツォも、サンフランシスコのほうが割のいい仕事があるからと、ミネソタには一時滞在だけで、サンフランシスコに戻るという。次女もサンフランシスコの学校へ通うために、夏休みだけミネソタにいるのだと言った。実質、次男と長女だけがドゥンドゥップと暮らしていた。しかしその子どもたちも、日々、朝から晩までアルバイトをし、家を空けていた。奇跡の再会からしばらく経ち、家族は現実を粛々と生きていた。

そんななか、ドゥンドゥップは所在なく日々を過ごしているようだった。いまだ難民認定を受けることができず、自身の身分を証明するのは、入国の際に受け取った紙切れ一枚。ないに等しかった。仕事もできなければ、学校へ通うこともできない。英語ができないため、ひとりで外出することもままならず、家族が仕事へと出てしまう日中は、部屋でひとり過ごしていた。米国で家族とともに暮らして八ヶ月がすぎ、穏やかな表情になったものの、どことなく孤独を背負っているようだった。

亡命したドゥンドゥップが強く望んでいたのが、年老いた父母に会うことだった。父は一九四〇年、母は一九四一年生まれ。平均寿命が長くないチベット人にとって、八十歳近くなる両親のことは気がかりだ。まして母は、ドゥンドゥップが逮捕されてから毎日のように涙に沈んでいたのだ。

ドゥンドゥップの両親は今、オーストラリアで暮らしている。二〇一三年、ダラムサラから移住したのだ。豪州は、一九九七年からチベット難民のなかでも元政治犯とその家族を積極的に受け入れる取り組みをしている。今では、豪州には二百人以上のチベット元政治犯が暮らしているという。ドゥンドゥップの両親ときょうだい家族も、その移住プログラムのメンバーに選ばれ、オーストラリアへ渡っていた。欧米や豪州へ正規の難民として受け入れてもらうことは、亡命チベット人にとって願ってもない恵まれた待遇である。しかし、家族は大海を隔てて離ればなれになってしまった。

難民認定を受けていないドゥンドゥップは、容易に海を渡ることができない。そのため、Skypeなどで会話はできるものの、両親に直接会って、手を握ることも肩を抱くこともできなかった。ドゥンドゥップがラモ・ツォたちと異なるのは、亡命の際にインドを経由していないため、インド政府が発行するＩＣ（国際難民認定証）を持っていないことだった。

ドゥンドゥップには、さまざまな場面で制度という厚い壁が立ちはだかっていた。

「信用できないから、インタビューを受けたくない」

ドゥンドゥップは険しい表情で言った。

私が米国に到着した当初から、「まだどこからも本格的なインタビューは受けていない」「自分を利用して金儲《かねもう》けをしようとする人がいる」と散々に聞かされていた。自分が監獄にいるあいだ、ラモ・ツォに対しても同様のことがあったのだと言った。「ラモ・ツォは、誰でも信用してインタビューに応じすぎる。もっと慎重にしなければいけないのだ」と。雲行きが怪しいとは感じていた。が、ここまで頑なに拒否されるとは思っていなかった。

しかし冷静に振り返ると、ドゥンドゥップにとって私は、家族の友人にすぎず、顔を合わせたのも二度目。知り合って数ヶ月しか経っていない関係だ。そんな私に、人生の最も苛酷で苦しい時期の話をする筋合いはないだろう。そして、誰をも疑って生きていかざるをえなかった期間が長すぎる。知り合って間もない外国人にすべてを話すほど、彼は開放的ではなかった。しかも、一緒に説得してくれるはずのラモ・ツォは、仕事があるからと早々にサンフランシスコに帰ってしまっていた。

そこで救世主となったのが、通訳のために日本から駆けつけてくれた在日チベット人だった。同じアムド地方出身で、ラモ・ツォの故郷からほど近い場所に実家があった。ラモ・ツォ来日中も、ラモ・ツォの通訳のために手を差し伸べてくれ、同郷だったこともあり、二人は意気投合していた。チベット人にとって同郷の存在はとても大きい。アムド方言で故郷の話をすると、たちまち心の距離が縮み、会話が弾む。さらに、年齢がドゥンドゥップと一歳しか違わなかったことから、かつての故郷の話など同世代の話題で盛り上がった。こうして通訳者の助けを借りて、どうにかインタビューに応じてくれることとなった。

インタビューは、三日間にわたり十五時間を超えた。ドゥドゥップは、まるで日記に書き留めていたかのように、自らの身に起こったことを鮮明に記憶していた。たとえ、どんな悲痛な出来事であろうと。途中、通訳者が幾度も「ひどすぎる」と声をもらした。しかし、ドゥンドゥップは淡々と、その体験を語ってくれた。

境界の民

私は、一九七四年、アムド地方にある青海省の化隆回族《かりゅうかいぞく》自治県、チベット名で「ホワロン」という場所で生まれました。ラモ・ツォよりも二歳年下で、文化大革命が終わろうとしていた時代です。

「化隆回族自治県」は、中国の西、チベットの東北地方に位置します。ダライ・ラマ十四世の故郷タクツェル村と近いことが、ささやかな誇りです（笑）。地名からもわかるように、チベット人よりも中国人ムスリム「回族」が多く暮らす地域です。中国国民党時代、ここは回族の馬歩芳《ばぼほう》に統治されていたため、多くの回族がやって来たと聞いています。当時、馬歩芳は、仏教を信仰するチベット人をもムスリムに改宗させたといいます。そのためここには、かつてチベット人だったはずなのに、チベット語が話せず、中国語を話し、イスラム教を信仰する人がいます。チベット仏教の経を唱えることもできず、毎日モスクへ礼拝に行く人がいるのです。

チベット人の集落と回族の集落は隔たれていますが、私の暮らす集落は、隣に回族が暮らしていました。私の集落は、境界にあったのです。「『境界の民』は小賢《こざか》しい」なんて言われることがありますが、私は学校へ行っていないにもかかわらず、外の世界について思いを巡らすことがよくありました。なぜか「チベット人」という意識も強く、集落の境界へ行っては「ここはチベット人の土地だぞ」と叫んで、隣り村の回族を威嚇していました。思い返すと恥ずかしいことですが、昔から喧嘩《けんか》っ早くて、家族の中でも集落の中でも問題児でした。そんな私に、父は頭を悩ませていたといいます。よく父から殴られていた記憶があります。今では児童虐待なんて言われてしまうと思いますが、チベット人は躾として子どもに手をあげてしまうことがよくありました。

故郷は、荒涼とした山々を背景に土壁の家が建つ、いわゆる田舎の町でした。実家は、半農半牧を生業としていましたが、貧しい家です。きょうだいは、男六人、女四人で合わせて十人いました。私はその六番目です。ですが、学校が遠かったのと貧しさゆえに、誰ひとりとして学校へ行くことは叶いませんでした。私が生まれた一九七四年当時、この集落では学校へ通うほうが珍しいくらいだったのです。ですから、私たち家族は、チベットの歴史についても、チベット仏教についてもほとんど知りませんでした。

ただひとり、外の世界のことを教えてくれたのが、私より四歳年上の従兄弟のジャムヤンでした。今、スイスで私のことを手助けしてくれているジャムヤンです。私は彼を本当の兄のように慕い、尊敬しています。最も影響を受けた人物だといっても過言ではありません。そのジャムヤンは、この集落が僻地《へきち》にあったにもかかわらず、若くしてラサへと旅立っていました。たしか彼が十四歳のときには、村を離れていたと聞いています。当時、そんな挑戦ができる人は、彼ともうひとりの僧くらいでした。それほど私の故郷は、辺鄙《へんぴ》なところにあったのです。

十二歳の頃、ジャムヤンに会いにひとりで町を出て、ラサを目指しました。歴史のことも仏教のこともわかりませんでしたが、ラサは私にとっても憧憬の地でした。その名のとおり、「神々のすむ場所（ラ＝神、サ＝場所）」だと思っていました。黄金に輝く屋根と、要塞のように白壁に囲まれたポタラ宮殿の写真を眺めるだけで、想像力が掻《か》き立てられました。集落の寺院には、ラサから誰かが持ってきたという石が神聖なものとして飾られているくらいでした。きっと道端に転がっていた、ただの石でしょうけど（笑）。いつか行ってみたい……という思いが幼心に募り、家を飛び出したのです。が、二千キロも離れた場所へ少年の足で辿り着けるわけがありません。夜中に野宿していたら凍えるように寒くなって、翌日には自宅に戻りました。初めてのラサ行きは、一日で夢絶えてしまいました。

実は、私はラモ・ツォと出会う前に、一度結婚しているんです。十五歳のとき、一九八九年に親同士が勝手に決めて、お見合いさせられて。ひとつ年上の女性でした。互いに子どもだったんだと思います。毎日のように喧嘩をして、その度に妻は実家に帰って行って……。けれどまた義父母が妻を我が家に送り返して来て、再び喧嘩をする、のくり返し。互いに互いのことを思いやることができなかったのだと思います。そしてもうひとつ、ずっと心にひっかかることがありました。〝ラサへの憧れ〟が、頭から離れなかったのです。「いつか、ラサへ行く」

という思いが日増しに強くなっていきました。

そんな思いが募り、一七歳のときに故郷を飛び出しました。ラサへ向かったのです。一九九一年でした。


ドゥンドゥップは、幼い頃からラサへ向かうまでの半生を滔々と語る。中国の片田舎の、小さな個の物語であるかもしれない。しかし、世界史と照らし合わせると、激動の時代とともに生きていたことがわかる。彼が最初の結婚をした一九八九年は、数年前から勃発していた中国人の支配に抗議するチベット人の蜂起が一万人規模に広がり、ラサに戒厳令が敷かれた年だ。同じ年、東の北京では六四天安門事件が起こる。民主化を求めて街へ出た人々に対し、当局が武力で鎮圧。学生をはじめ、多数の死傷者が出る事態となった。世界では、ベルリンの壁が崩壊し、東欧の民主化が加速。そしてこの年、ダライ・ラマ十四世はノーベル平和賞を受賞した。

ドゥンドゥップがラサを目指したのは、民衆が自由を希求し、熱くたぎっていた時代だったのだ。

祖国への目覚め

ラサに着いてまもなく、ジャムヤンから、インドのダラムサラへ亡命し、学校へ行ったらどうかと助言を受けました。ダラムサラには、子どもだけでなく青年になった亡命者が学ぶことのできる学校もあったからです。亡命者であれば、無償で通うことのできる学校でした。チベット語を学びたい気持ちがあった私は、興味本位でダラムサラへ向かうことに決めました。このときはまだ、軽い気持ちでした。ですが、このダラムサラ滞在を経て、私の心と人生は大きく変わることになるのです。

ダラムサラへは二十八日間歩いて、辿り着きました。チベットの西部にある聖山カイラスを通って川を渡り、ネパールを経由しました。カイラス山の巡礼者を装うことができるので、亡命ルートのなかでも比較的よく使われている道です。それほど険しいとは思いませんでした。もちろん、標高は五千メートル近い場所もありましたが、もともと山歩きは得意です。放牧で鍛えられていますからね。

ダラムサラに到着してすぐ、難民収容所に保護されていたときのことです。私たち亡命者のもとに、ダライ・ラマ十四世がお出ましになられました。当時の私は無知だったので、なぜダライ・ラマ十四世がインドにいらっしゃるのか、どれほど徳のある方なのか、よくわかりませんでした。ですが、一目で心が変わりました。十四世は、ウー・ツァン方言を話されていたので、言葉は理解できませんでした。それでも、温かい心や慎ましやかな佇まいに胸を打たれたのです。例えば、十四世のために椅子が用意されていたのですが、亡命したばかりで小汚い私たちの手を強く握りしめ、ずっと立ったままお話を続けられました。他の亡命者は、みな喜びの涙を流し、十四世にすがっていました。そのひとりひとりに応えるように、十四世は微笑みを湛《たた》えていたのです。

ダラムサラ滞在中に、私はチベット語もチベットの歴史についても学びました。なぜ、十四世がインドへ亡命しなければならなかったのかも知ることができました。中国に侵略されて、多くのチベット人が命を落としたことも……。

チベットの歴史を学ぶなかで、いつのまにか、チベットへ戻りたいという思いが強くなりました。私のようにチベットの真実について知らない人に、チベットのことを伝えていこうと心に誓いました。私は、ラサへ戻ることに決めました。

そして、ラサへ帰ってまもなく、ラモ・ツォと出会ったのです。

正直に話すと、ラモ・ツォには一目惚《ぼ》れでした。当時、ダラムサラから戻った私は、ラサのジョカン寺の近くでレストランを経営していました。ジャムヤンとサンジュという親戚の三人で切り盛りしていたのです。あるとき、そのサンジュの恋人が、美しい女性を店に連れて来ました。同じアムド地方出身でしたが、洗練されていて、都会的な女性に見えました。とても綺麗な人だな、と。それが、ラモ・ツォでした。私は、どうにか彼女に近づきたくて、手紙を渡しました。まだ文字がうまく書けなかったので、同僚に代筆してもらったのですが……。話してみると、言葉遣いが綺麗で、ますます惹かれました。言葉のキャッチボールができて、会話が弾みました。私の故郷の女性だったら、会話なんて成立しません。ずっと黙っているか、下を向いてしまいます。ですが、ラモ・ツォは堂々としていました。そんなところも魅力的に感じました。

ラモ・ツォと恋人同士になってから、私は時間を見つけては、彼女の仕事場へ行き、他愛もない話をしました。私たちは、よく二人で並んで歩きました。道ゆく人から「あいつら、子どもみたいだな」と冷やかされました。あのとき、すでに二十二、三歳だったんですが（笑）。チベットでは、男性と女性で一緒に歩く習慣がありません。まして、男性と女性が並んで歩くこともありません。もし歩くとしたら、女性が一、二歩下がって前後で歩きます。男性が女性の仕事場へ行ったりもしません。恥ずかしいことと見なされているのです。ですが、私はすでにインドへ行って外の世界を知っていたこともあり、まったく恥ずかしいと思いませんでした。ラモ・ツォは恥じらいがあったようですが、「恋人同士なのに、何が悪いんだい？」と素知らぬ顔をして、ずっと一緒にいました。互いに愛し合っていましたから、何も問題ないでしょう？　ただ、結婚は意識していませんでした。同じアムド地方出身といっても、互いの故郷は甘粛省と青海省で離れていましたから。それに私は、このままずっとラサにいられるかどうか、わかりませんでした。レストラン経営の他に、秘密の仕事をしていたのです。ダラムサラへ亡命するチベット人の案内人と、いわゆる「発禁本」の自費出版でした。

一九九〇年代、チベットでは、歴代ダライ・ラマの言葉やチベットの歴史について書かれた本が出回っていた。もちろん、中国国内で所持していると逮捕されるような発禁本である。これらの本を、ドゥンドゥップのような活動家がダラムサラやネパールから命がけで仕入れ、秘密裏に印刷製本し、無料で配付していたのだ。ドゥンドゥップの話につられ、同世代の通訳者が興奮気味に応じた。

「私の学生時代、学校に活動家たちがやって来て、発禁本を配ったり、亡命やチベット独立について書かれたビラを配ったり、それはそれは熱気に満ちていたんだ。まさか、あの活動家のひとりが、ドゥンドゥップさん、あなただったなんて！」

通訳者の話しぶりを聞くに、当時のチベットは日本でいう六〇年代の学生運動のような気運の高まりがあったのではないだろうか。若者が声をあげ、政治を変えようとしていたあの時代だ。通訳者は、続けて語る。

「皆イヤホンを使ってラジオを聴いていたな。中国では聴くことのできないVOA（ボイス・オブ・アメリカ）やRFA（ラジオ・フリー・アジア）に周波数を合わせて、チベットの情勢に耳を傾けていたんだよ。私は父から『もし、亡命を考えているなら、私に話してから行くんだよ』と念を押されたが、それくらい、若い世代がチベットのために何か行動を起こそうと荒ぶっていたのさ。いつ亡命してもおかしくない若者がゴロゴロいたんだ」

九〇年代、米国が主体となってチベット語のラジオ放送が始まっていた。中国国内では報道されることのない、チベット本土のことも亡命社会のニュースも入手できる放送だった。そして外の世界への憧れから、若者のなかには、亡命の道を選ぶ人も少なくなかった。一九八六年から一九九六年の十年のあいだに、二万五千人の亡命チベット人がインドに到着したという記録も残っている。現在の亡命者は、年間で百人にも満たないことからも、当時の熱気がわかるだろう。ドゥンドゥップは、発禁本を仕入れるのと同時に、こうした亡命者たちの案内人も買って出ていた。他のブローカーとは異なり、費用を自己申告制とし、貧しい人にも亡命のチャンスが得られるように動いていたのだ。

ドゥンドゥップと通訳者の二人は、同時代を同じ熱量で生き抜いてきたようだった。一方は学校で学び、一方は学校へ通えなかった。それでも、志は同じくしていた。その後、それぞれ別々の道を歩み、今は日本と米国で生活している。チベットへの思いは同じように強かったが、二人はどちらも祖国に根を下ろしていなかった。

発禁本を出版しようと思ったのは、ラサへ戻ってからさまざまな矛盾に気づいたからでした。テレビでは、ダライ・ラマ十四世が悪魔だと放送していました。新聞には、十四世が多くの嘘をついていると書かれていました。亡命社会は貧しく、人々は物乞いのような生活をしているという報道もありました。「十四世は、外の世界で相手にされておらず、影響力もない。中国へ帰りたいと懇願している」と。当時、十四世はノーベル平和賞を受賞してまもないときだったのに……。ですが、チベットで暮らすほとんどの人は、そんな事実を知りませんでした。

これは、少し前の私も同じでした。小さな村で育った私は、ラサへ出て来るまで、無知な人間でした。幼い頃からテレビに映るのは、抗日のドラマばかり。第二次世界大戦中、日本の軍人がどれだけ中国の人々に酷《むご》いことをしたのか、そればかり教えられました。私たちは、日本を恨むことばかり考えて生きてきたのです。あるときは、チベットのかつての貴族が腐っていて、人民が苦しめられたという報道もありました。中国共産党が統治するようになり、人民がその土地の主人公になったのだ、と。老人へのインタビューで「かつては奴隷だった。しかし今はとても幸せだ」と強制的に発言させたりもしていたのです。私は、その内容を鵜呑《うの》みにしていました。私は、外の世界を知らなかったのです。

こうした矛盾に気づいてもらうためには、書物が最適だと考えました。ですが、ラサにはそうした本がありませんでした。さらに、公安が突然民家に押し入り、仏教関係の書物を没収したり、家を荒らしたり、ときには暴力もふるったりしていました。私の家にもやって来て「おまえは、ダライ関係か？」と聞いてくるんです。彼らは「ラマ」という敬称をつけずに「ダライ、ダライ」と言いました。「ダライの写真を持っていないか？」と言って、家の隅々まで探すのです。写真がないことを確認すると、最後に「今後、ダライの写真などは持ちません」という文書に署名をさせられます。拇印《ぼいん》も押させられます。屈辱的な思いをしました。真実はどこにもありませんでした。私は、私が知った真実を伝えたいと思ったのです。

本を自費で出版し、無償で配ることは、私がひとりで考えついたことです。なかなか仲間で集まって、相談することはできません。チベットでは他の国と違って、グループをつくって自由に話し合いをすることも難しいのですから。ですが、手伝ってくれる友人がいました。友人とは、誓いを立てました。何があっても裏切らない、友人を売らない、と。私たちは手分けして、さまざまな町や村を回って本を配りました。どこへ行っても、学校や寺院が手厚く歓迎してくれて、ふだんなら高僧しか宿泊させてもらえないような仏間に案内されました。ご馳走も用意してくれて、ときには経済的に支援してくれる人もいました。

本は、おもにダライ・ラマ十四世が書かれたチベット語の著作を配りました。そのなかでも『心の平和』という本は、十四世の心の姿勢や物の見方が理解しやすかったので、ある大学の教授に頼んで中国語にも翻訳してもらいました。当時、中国では「ダライは殺人鬼だ。ダライ社会は残酷だった」と吹聴されていましたから。中国人にも十四世の人となりを知ってもらいたかったのです。それからパンチェン・ラマ十世（ダライ・ラマに次ぐ高位の僧）が一九六二年に書いた「七万言」の直諫書《ちょっかんしょ》も配りました。これは中国共産党のチベット統治について、七万字をもって痛烈に批判したものです。パンチェン・ラマ十世は、この請願書がきっかけで「反革命分子」とされ、十年ものあいだ独房に閉じ込められました。命がけの請願書といえます。この本のおかげで、私はチベットが背負うこととなった苦難の、歴史的経緯を知ることができました。ですので、この本も紹介したいと思いました。こうして私自身が判断しながら、必要性があると感じた書籍をダラムサラやネパールから持ち帰ってきたのです。

ドゥンドゥップが配っていたというダライ・ラマ十四世の著書『心の平和』は、一九八一年にダライ・ラマ十四世が米国のハーバード大学でおこなった五日間の講義録だった。日本では、『ダライ・ラマの仏教哲学講義　苦しみから菩提へ』というタイトルで出版されている。本には、チベット仏教の基本的な教えが専門用語で書かれていた。現世が苦しみのなかにあること、その苦しみを消滅させること、心を静めること、そして慈悲の心を持つことなどが、抽象的だがわかりやすい言葉で説明されている。ドゥンドゥップは、この本を読んで、自身の心の在り方を学んだという。彼がいつも平静であり続け、他者へと思いを寄せられる秘訣が、この本に隠されているように思えた。

発禁本の密輸には、危険も伴いました。二〇〇六年、ネパールで本を入手し、香港から深圳《しんせん》に入ったときのことでした。十四世の本が見つかってしまったのです。しかし幸運だったのは、ちょうどそのとき旧正月で、職員たちの監視が緩かったのです。上層部の責任者に確認するからと待たされている隙に、逃げることができました。そのときは三十二種類の本、たぶん二十二キロくらい担いでいたのですが、すべて空港に置いてきてしまいました。それは心残りでしたが、心穏やかに故郷で旧正月を祝うことができました。その後、空港の職員たちが穏やかに過ごせたかはわかりません。おそらく上層部の人が見たら、卒倒するような本だったでしょう(笑)。私は、逮捕されていたはずです。

ラモ・ツォは、私の活動について口出ししませんでした。発禁本については、配るのを手伝ってくれたくらいでしたから。ただ、私たちは貧しいこともあって、子どもたちと一緒に暮らしていませんでした。長男を私の実家、次男をラモ・ツォの実家にあずけていました。そして今後のことを考えたとき、子どもたちをダラムサラにある「チベット子ども村」にあずけようということになりました。私の活動のこともありましたし、ラモ・ツォが病気を患っていましたから。

インドは安全です。心の苦労はありますが、チベット本土のような肉体的な苦痛や恐怖はありません。ラサに長く住んでいると、政治犯の家族が社会的制裁に遭うところも目にしました。子どもたちには生きづらさを感じて欲しくなかったのです。インドであれば、自由ですし、十四世がいらっしゃいます。世界中の人にも出会えます。外の世界を見て、視野を広げてほしいと思いました。私がかつて経験したように。インドであれば、チベットの歴史も情勢も見聞きすることができますからね。そのような環境で、人間としての器も大きくなってほしいと考えました。二〇〇〇年、長男、次男をダラムサラへ連れて行き、二〇〇四年に長女、二〇〇六年にラモ・ツォと次女、そして両親も亡命させました。

チベット全体のための活動と、子どもや妻との生活を両立させることは困難です。チベットのための活動には、私だけでなく家族にも危険が伴うからです。私は、家族の誰ひとり不幸にさせたくないという思いもありました。不幸を望む人なんていないでしょう。ですが、チベットのためを考えると、それなりに犠牲を払うこともやむをえないという考えもありました。そうしたなかで、家族をダラムサラへ亡命させたのです。信頼していたラモ・ツォにさえ、映画をつくることは秘密にしていました。

水面下の計画

計画は、二〇〇五年から始まっていました。映画を撮ることについて知っていたのは、正確な人数は言えませんが、ほんの数人です。ジャムヤンをはじめ、一緒に発禁本の活動をしていた二十年来の信頼できる仲間です。

発案は、私でした。発禁本を配るなかで、生活に苦しんでいるチベット人と出会い、この惨状を切実に訴えられる方法はないかと考えたのです。当時、北京五輪開催に向けて、チベット人が置かれている状況はさらに厳しいものになっていました。私たちの主な生業は、農業と放牧です。ですが、土地を奪われ、制限され、遊牧民なのに自由に放牧することができなくなっていました。家畜を減らされたり、農地には棘《とげ》のある植物を植えさせられたり、強制移住政策もありました。

私は、最悪の事態を想定して行動していました。逮捕されるのも、覚悟していました。仲間たちには、誓約書を書きました。万が一逮捕された場合、責任の所在はすべて私、ドゥンドゥップにあるという誓約書です。刑務所には、十五年間は入れられるだろうと見込んでいました。当時、三十三歳だったので、出所できるのは四十八歳くらいだろう、と。ラモ・ツォや家族には申し訳ないのですが、それほどの覚悟がありました。

ただし、私は映像の勉強などしたことはありませんでした。撮影用のカメラだって、二千元(約三万円)くらいで購入した安物です。プロ仕様のものではなく、小さいビデオカメラでした。ただ、映像が最もインパクトがあると考えていました。なぜなら、私は幼い頃から抗日ドラマをたくさん観ていたせいで、日本が酷い国だと信じ、恨んでいたのですからね(笑)。チベットの旧社会の残忍さ、貧しさを紹介するドラマなんて、百種類以上もあったんですよ。それだって、若い子は鵜呑みにしていましたから。こうしたものに対抗するためにも、映像でインタビューを撮りたいと思ったのです。でもまさか、ここまで世界中の人に観てもらえるとは思いもよりませんでしたが。

インタビューで最も大切にしていたことは、チベット本土に暮らすチベット人が、「ダライ・ラマ十四世について、どのように考えているか」ということです。なぜなら、中国は、「チベット人がダライ政権に反対している」と喧伝していたからです。実際はどうでしょう。映画でも明らかなとおり、私たちは世代を超えて、十四世を信仰していました。私がインタビューした人は、チベットで暮らす普通の人です。その人たちは、共通した苦しみを抱え、十四世を慕っていました。物理的にどれだけ支配されようが、心は支配されていない。このことを証明したかった。と同時に、実際に撮影をして、私が最も心を打たれたことでもありました。

撮影期間は、二〇〇七年十月から二〇〇八年の三月まで、およそ五ヶ月でした。撮影をしているとき、私はたくさんの偽名を使いました。撮影に使うホテルにも気を遣いました。例えば、取材相手がチェックインしたホテルには身代わりの人を泊まらせ、実際の撮影は別のホテルでするなど、複数のホテルを予約したのです。他にも、私が撮影した素材は、すぐに別の人に渡し、その人もまた持ち運ぶ途中で別の人に渡すなど、細かく映像を持ち出していました。ひとつの場所、ひとりの人物に素材を集中させないようにしたのです。

撮影中、恐怖を感じることはありませんでした。ただ、最も気がかりだったのは、道半ばで逮捕され、私も、インタビューした人も素材も、日の目を見ないまま抹消されてしまうことでした。インタビューに応じてくれた人は皆、命の危険をも覚悟のうえで語ってくれています。「この撮影に応じると、あなたは逮捕され、拷問を受ける可能性もある。もしかしたら命に危険が及ぶかもしれない」と、私は伝えていましたから。それでも、「この映像をダライ・ラマ猊下《げいか》が観てくださるなら、死んでも悔いはない」と言って、撮影に応じてくれたのです。命がけで協力してくれた彼ら彼女らを、裏切ることだけはしたくありませんでした。

二〇〇八年三月十日、最後の撮影を終えました。映画の中で、私がその日の新聞を読んでいるシーンがあります。それが最後でした。

このとき、英国からテープを受け取りにひとりの女性が来ていました。難民二世のデチェン・ペンバという若い女性です。私は初めて会う人でしたが、ジャムヤンが信頼し、特に危険なテープの運搬を彼女に頼んだのです。二〇〇八年三月は、これまでと比べて監視が最も厳しかったといっても過言ではありません。チベット人にとって、三月十日は大切な日です。チベット蜂起記念日として、毎年世界中でデモ行進がおこなわれます。加えて、北京五輪開催を間近にひかえ、全世界にチベットの人権問題を知ってもらおうと、チベット人たちが水面下で活動していました。そんなときに、デチェンは自らの危険を顧みずにテープを受け取りに来てくれました。彼女とは、陝西省《せんせい》の西安《シーアン》で落ち合い、一度だけ一緒に食事をして、テープを託してすぐに別れました。デチェンがテープの持ち出しに成功したのかどうか私が知ったのは、ずいぶん後になってからです。私はその前に、理由もなく逮捕されてしまったのですから。

西安でデチェンにテープを渡した後、私たち撮影仲間は二つのグループに分かれて北京へ向かいました。その間、ずっと警察に尾行されていることには気づいていました。おそらくもともとデチェンがマークされていたのでしょう。デチェンは、国籍こそ英国ですが、どう見てもチベット人でしたから。彼女と接触したことで、私たちも監視対象となったのだと思います。

グループのひとつは、五輪の競技がおこなわれる予定の会場へ、抗議の声をあげるために向かいました。私たちのグループは、その様子を見に行くだけでした。ただ、当時の北京はさらに監視が厳しく、身分証に「チベット族」と書いてあるだけで宿泊施設には泊めてもらえませんでした。私たちは、個人が運営している寺院に頼みこんで暖をとらせてもらいました。しかし、その寺院にもやがて警察がやって来て「チベット族を泊まらせるな」と命令が下りました。私たちは途方に暮れ、ラサへ戻ることにしました。列車に乗り、西安を経由して。

西安に着いた正確な日付は覚えていません。ただ、翌朝、テレビをつけたら「ラサで暴動が起きた」というニュースが目に飛び込んできました。叫び声があがり、暴力をもって鎮圧されるほど激しい暴動でした。それで私たちは、ラサには行かず、青海省の故郷へ戻ることにしたのです。

バスに乗って、南下しているところでした。二〇〇八年三月二十六日のことです。突然、警察がバスに乗り込んできて、私たちを羽交い締めにしました。

「おまえたちは殺人、放火、強盗、何をやったんだ?」

強い口調で詰問され、そのまま仲間とともに拘束されました。突然の出来事で抵抗も何もできませんでした。拘束の理由もないのですから。ただひとつ安堵したのは、どうやら映画のことは知られていないということでした。

それから、先の見えない尋問の日々が続きました。私はただただ、デチェンが無事に中国から出国できていることだけを祈りました。命がけで撮影した映像が、日の目を見ることだけを願ったのです。

ドゥンドゥップは、ここまでつらつらと語ると、ベランダへと出ていった。煙草が恋しくなったらしい。窓の外を見ると、日が暮れかけていた。気づけば、ドゥンドゥップの自宅に来てからすでに五時間がすぎている。ドゥンドゥップも通訳者も疲れが出始めているようだった。一日目のインタビューは、ここで切り上げることにした。

西陽に照らされたドゥンドゥップは、陰影がくっきりとして険しい顔つきをしていた。その表情が、これから語られるであろう獄中の体験を、物語っているようだった。

虎の腰掛け

インタビュー二日目。この日もまた、ドゥンドゥップはインタビューを受けたくない、と開口一番に言った。昨夜、当時の記憶がよみがえり、悪夢にうなされたのだとも。刑務所から釈放されて四年、米国への亡命に成功して半年以上が経った今も、監獄に囚われていた当時の夢にうなされ、夜中に目を覚ますのだという。心の安定を取り戻せていないのだと、ドゥンドゥップはうなだれた。さらに、多くのメディアからの取材に対応するなかで、何を話していいのか、何を話したら問題なのか、そしてその先に何があるのか、日がな悩んでいるという。誰も信じられない状況に陥っているのだと言った。それでもやはり、自らの体験を多くの人に知ってもらいたいという願いも強い。頭を悩ませていたドゥンドゥップは、しばらくすると、声を絞り出すように昨日の続きを話し始めた。

逮捕状もないなかで捕まった私に、公安が最初に持ってきたものは、厚さ三十センチほどもあるＡ４用紙の束でした。その紙には、私の二十年間に及ぶ電話の通話記録が詳細に記されていました。私は、スイスにいるジャムヤンをはじめ、カナダや英国にいる友人、インドにいるラモ・ツォとも連絡を取っていました。驚いたことに、公安が持ってきた通話記録には、彼らとのやり取りの内容すべてが記録されていたのです。

ひどい拷問も受けました。通話記録から、私とジャムヤンの関係に目をつけた公安は、何を企んでいるのかと執拗《しつよう》に尋問してきました。手枷《てかせ》をはめられ、七日間ちかく眠らないように立たされたまま暴力もふるわれました。どこに誰がいるかわからないように黒い頭巾をかぶせられ、首に電気ショックをかけられたこともありました。それでも私は、「通話の内容に、政治的なものは一切ない」と主張し続けました。映画の撮影を始める前から、通話には細心の注意を払っていたので自信がありました。

一ヶ月がすぎ、とくに理由もなく最初の拘置所から移動させられることになりました。そんなとき、四川大地震が起きました。五月十二日のことです。私がいた拘置所も大きく揺れました。地震で混乱していたのでしょうか、六月四日に一度、解放されることになりました。

ところが、拘置所から出たところで、最初に私を捕まえた公安が待ち構えていました。どうやら、これまで安全部の管轄で尋問を受けていたらしかったのですが、再び公安部の管轄に戻されるだけだったのです。私は、公安部の特殊部隊がいるところに連れて行かれました。場所は、青海省の西寧《せいねい》でした。四階建ての建物で、小さい部屋に細かく分かれていました。その小さな部屋の中には、拷問で使うといわれる鉄の椅子「虎の腰掛け」が置いてありました。「虎のように恐ろしい」という理由から、〝虎〟という異名がついた拷問道具です。背もたれと座面部分が異様に長く、足を強制的に水平に伸ばす構造になっています。その椅子に手も胴体も足も縛られたうえで、踵《かかと》の下に煉瓦《れんが》を重ねて足の高さを上げていくもので、非常に苦しい姿勢を強いられます。私は、その「虎の腰掛け」に縛り上げられ、同じ質問をくり返し浴びせられました。「何をやったんだ？　何でもいいから吐け」と。理由も証拠も何もないのに、「何でもいいから吐け」なんて、おかしな話でしょう？　理不尽にも程があります。私は、沈黙を貫きました。だって何も罪なんて犯してないのですから。二日すぎた頃でしょうか、拷問から解放されました。そして今度は、近くのホテルに連れて行かれました。

ホテルは、一泊三百元（約四千五百円）ほどする高級ホテルでした。私は部屋で監禁され、夜はベッドの近くにあるストーブに手枷をかけられ身動きがとれないようにされました。公安は、日中に五人、夜に三人が私を見張りました。彼らは、とくに私を尋問することもなく、ずっと麻雀に興じていました。このときは、まだ私が映画をつくったことは明るみになっていません。私は、「疑わしきは逮捕する」という中国のやり口で捕まった一市民にすぎませんでした。当時、私のように逮捕された「名もなき人々」はたくさんいました。理由もなく逮捕され、拷問され、監禁され、不自由という名の鎖につながれたのです。

公安は、私が抗議すると「とにかく北京五輪が開催される八月八日まで待ってください。それまでは釈放できないんです」と杓子定規《しゃくしじょうぎ》に答え、「釈放されるときには、金銭面でも援助するし、仕事も準備します。だから、私たちを困らせないでください」と懇願するように言いました。きっと彼らも、上から命令されただけで、私を監禁する理由に興味なんてなかったのでしょう。ただただ麻雀で時間を潰して、無為に北京五輪が開催されるのを待っているだけのように見えました。

しかしときに、頭が混乱するような出来事もありました。優しい口調で「あなたはたいした罪を犯していないとわかっています。四川の地震で苦労している中国人のために貢献する気があれば、手伝ってくれませんか？」と聞いてくるのです。私は「同じ人間ですから、もちろん手伝います」と答えます。すると翌日には豹変《ひょうへん》して「あれは嘘です。あなたを、人を助けるところになんて行かせることはできない」と冷たく言い放ってくるのです。そんなやり取りがくり返され、監禁の疲労と困惑とで頭が混乱し、おかしくなってしまうのではないかと思いました。

監禁は四十二日間続きました。なぜ詳細に覚えているかといえば、監禁中、ホテルのテレビから、「五輪開催まであと何日」という放送が終日流れていたからです。私は、そんな五輪に熱狂する人々を見るにつけ、「すべてがまやかしだ」と心の中で叫び続けていました。


ドゥンドゥップが北京五輪について「すべてがまやかしだ」と語ったとき、私は、これから開催される別の国のオリンピックのことを思い浮かべていた。二〇二〇年に日本で開催される予定の東京五輪のことだ。この五輪開催について、福島県の人が吐露した言葉が頭をよぎったのだ。

二〇一一年に発生した東日本大震災の三年後の二〇一四年から、ある局から声がかかって、私はラジオ番組をつくるために東北地方へ通っている。被災地で生きると決めた人、県外で避難生活を続ける人、それぞれ故郷へ複雑な思いを抱きながら生きている人たちの声を紹介する番組だ。ラジオだからこそカメラを気にせず、希望や不安、憤りなど心のうちを率直に明かしてくれることがあり、これまでに百人近くの方の語りを聞いてきた。

福島県南相馬市のある地区へ取材に行ったときのこと。その場所は、東京電力福島第一原子力発電所から半径二十キロ圏内に位置し、全町民が避難を余儀なくされ、警戒区域となった場所だった。その町の避難指示が解除され、帰還した町の人が祝い酒を飲んでいるときだったと記憶している。ひとりの青年が、五輪招致について話し始めた。

「なにが、〝復興五輪〟だよ。東北の建設工事の人手がどんどん不足していっているだけじゃねぇか。しかも〝アンダーコントロール〟だってよ。ほんとうかよ！　だったら、イチエフ（福島第一原子力発電所のことを地元の人は〝イチエフ〟と呼ぶ）の近くの海で、トライアスロンでもやればいいんだ」

〝アンダーコントロール〟とは、二〇一三年の夏季五輪招致の最終プレゼンで、安倍首相が福島第一原子力発電所の事故について「アンダーコントロール（統御されている）」と表現したことに由来している。この首相の発言に、青年は毒づいたのだ。それに対し、「そうだ、そうだ」と賛同する地元の人々。彼らは、とくに「福島が危険だ」と喧伝している人たちではない。むしろ「福島で暮らす」と決めて、地元の文化や食の魅力を発信し、震災以降止まってしまったままの故郷の時計の針を進めようとしている人たちだ。彼らの行動は、一見すると「福島は安全だ」と言いひろめているように見えるかもしれない。しかし彼らもまた、「ほんとうに安全なのだろうか」という不安と隣り合わせのなかで生きている。それなのに、〝復興五輪〟と表現し、五輪を招致するための口実として福島が利用されていること、〝アンダーコントロール〟という政府の根拠のない発言に憤りを覚えていた。

ドゥンドゥップが、北京五輪について「まやかしだ」と語ったのは、中国政府が国際社会に向けて、「中国では人権が保障されている」と主張し、「〝平和の祭典〟を開催するにふさわしい」と発言したことによる。チベット本土と北京は、数千キロも離れている。けれど、同じ国にもかかわらず、人権や自由が踏みにじられている現状を、彼は映画を通して訴えたかった。

「〝平和の祭典〟なんて、まやかしなのだ」と。それは、福島の人がこれから開催される東京五輪に対して抱いている思いと重なるのではないか――。

私は、日本から遠く離れた米国でドゥンドゥップの声に耳を傾けながら、南相馬の、まだほとんどの住民が戻っていないがらんとしたあの小さな町を、頭に浮かべていた。周縁に生きる人々の声は、切り捨てられ、かき消されていくのか、と。

二〇〇八年七月十四日、私は、ホテルから青海省の拘置所に移動させられました。理由はわかりません。そのとき、一瞬の隙をついて、私は公衆電話からスイスのジャムヤンに連絡を入れることができました。ひと言「逮捕された。無事だ」だけしか伝えられませんでしたが。私と連絡が取れなくなって、きっと皆が心配しているだろうと思っていたので、安否だけでも伝えなければと思ったのです。それまで私は、家族とも一切連絡が取れませんでした。三月に突然逮捕されてから、すでに四ヶ月がすぎていました。

青海省の拘置所に移動して、しばらく経った九月半ばのことです。にわかに公安の態度が変わりました。今度は、省レベルではなく国レベルの公安部がやって来て、私を再びホテルに連れて行きました。尋問のために撮影機材を準備していて、私にカメラを向けたのです。そして、強い口調で私に詰問してきました。

「私たちは、北京から来た公安部のものだ。おまえは、映画をつくっていたな？　質問に答えるんだ！」

この言葉を聞いたとき、私は恐怖よりも、映画を世に出すという願いが現実になったのだと確信し、喜びと達成感で胸がいっぱいになりました。公安からは、私がつくった映画『恐怖を乗り越えて』が、国際社会のなかで中国に多大な悪影響を及ぼしていると言われました。私は、インタビューをした人たちの顔をひとりひとり思い出しながら、彼らの無事を祈るとともに、胸に熱いものが込み上げてくるのを感じていました。

「映画をつくったことに対して、後悔していると言え」

私にカメラを向けながら、公安はさまざまな言葉を使って脅してきました。「チベット青年会議（チベット亡命社会最大の独立派グループ）に指示されて映画をつくったと言え」と命令してきたり、「自分の意志でつくったのではないと言え。そうでないと、インドにいる家族に危害を加えるぞ」と言ってきたりしました。さらには「無理やりつくらされたと言えば、大金をあげるよ」と甘い言葉をささやいてきたりもしました。私は、すべてを拒否しました。

「法律で、国民の言論の自由は保障されていますよね？　あなたたちは、中国国民の人権を尊重すると国際社会にも約束していますよね？　私は頭が狂っているわけではないですよ。酒に酔っているわけでもありません。もちろん、これから私は殴られるのでしょう。でも、私はあなたたちの要求に一ミリも応じることはできません」

私はチベット人ですが、中国の国民として、自分の行いはすべて合法だと主張しました。するとと、公安は「もうひとつ案があるよ」と優しい口調で言ってきました。

「すべて、スイスにいるジャムヤンの責任にするのはどうだい？」

彼らは巧みでした。ときには優しい口調で、そしてときには暴力をふるい、なんとかして私が国外の反革命分子に利用された存在にすぎないという証拠映像を撮影したいようでした。

「ジャムヤンの責任にすれば、大金も渡すし、生活も保障しますよ。ジャムヤンはかつてラサで政治犯として逮捕されたこともありますし、今さら問題ないでしょう？　スイスで暮らしているのだから、私たちは逮捕もできません。みんなが幸せになれると思わないかい？」

そんな甘い言葉をささやいたかと思えば、私が拒否をすると、ひどい拷問が待っていました。「虎の腰掛け」もあれば、電気椅子もありました。座っているだけで、服がボロボロになるほどの電気ショックをかけられました。こんなこともありました。三人がけの椅子の真ん中に座らされ、両手、両足をめいっぱい引っ張りあげられ、椅子の四隅に縛りつけられるのです。手足の感覚が麻痺《まひ》するほど縛り上げられたところで、尋問がくり返されます。手足の感覚だけでなく、意識を失ったこともありました。このとき負った身体の怪我は、今も痛むことがあります。それほどひどい状況に追い込まれました。それでも、私は「他の人は関係ない。すべて私の責任だ」と言い続けました。

およそ九ヶ月間、この苛酷な日々が続きました。こうした尋問に加え、食事は一日に一度だけ。豚のエサのような食べ物が出されました。白湯に葉を一枚ひたして食べるのですが、その中には砂も入っていて、人間が食べられるようなものではありませんでした。ひとつの部屋に二十人の政治犯を詰めこんで、三日間トイレにも行かせないなんてこともありました。殺された政治犯だっていました。政治犯はもちろん、どんな受刑者にだって、このような不当な扱いをしてはいけないはずです。さらに、尋問をするときだって少数民族には通訳をつけないと難しい言葉は理解できません。ですが、私には通訳がついてくれたことなんて一度もありませんでした。私たちに対する政府の態度は、非人道的そのものでした。

二〇〇九年五月、そんななかでも明るい兆しが訪れました。逮捕から一年以上を経て、初めて信頼する北京の中国人弁護士と会うことができたのです。人権団体に所属する弁護士でした。私は、これまでの不当な逮捕のこと、苛酷な拷問のこと、通訳さえついていないことなどすべて洗いざらい話しました。彼らなら助けてくれるかもしれない……と、一縷《いちる》の望みをかけて。

しかし、その希望は一瞬にしてかき消えました。その弁護士の所属する団体が、私の置かれている状況について世界に訴えてくれたのですが、まもなくしてぱったりと連絡が途絶えたのです。そして別の弁護士が私のもとにやって来て、こんなことを言いました。

「あなたは、弁護士に拘置所での出来事について、いろいろ話しただろう？　文書を渡したという新しい罪ができたぞ」

私は絶望しました。それと同時に、親身に話を聞いてくれた弁護士の安否についても気がかりでした。ですが、誰とも連絡を取ることはできません。もう誰も信用できないと思いました。さらに新しい罪まで増えたのですから。それから二ヶ月後、再び新しい弁護士がやって来ました。その人は、中国が用意した弁護士でした。公安は、「この人は、社会的にとても人の役に立っている弁護士です。弁護をしてもらう費用もかかりませんよ」と言ってきました。私は「自分が指名した弁護士以外に弁護してもらうつもりはない」と突っぱねました。しかし、彼らは「弁護士は必要なのだから、彼に依頼すべきだ」と執拗に勧めてきました。どうやら彼らは、「国が用意した弁護士を私が自分の担当弁護人と認めた」という文書への私のサインが欲しかったようなのです。私はすべて頑として拒否し、口を閉ざしました。

そして、いつの間にか裁判が始まりました。小さい法廷でしたが、安全局の人や警察関係らしき人たち百人ほどが傍聴していたのを覚えています。私の関係者は、誰ひとり傍聴していませんでした。親戚も友人もひとりも。きっと誰にも知らせずに勝手に開廷したのだと思います。唯一、見覚えがあったのが、私に「新しい罪」をわざわざ言いに来たあの弁護士と、中国が用意したという弁護士、その二人でした。

こうした仕打ちを受けているさなか、ドゥンドゥップは、スイスのジャムヤンに秘密裏に手紙を出すことに成功していた。この手紙は、米国のニューヨークタイムズほか、さまざまなメディアで紹介され、国際社会におけるドゥンドゥップの存在感は、さらに増していった。しかし、それは同時に、彼の立場をさらに危ういものにしていった。

数日前、私は悪夢を見た。
「何か大変なことが家族に起こったのではないだろうか？」
という思いと戦わねばならなかった。
私は年老いた両親のことを心配した。

本気で心配した。
二人の近況を知らせてほしい。
どうか隠し事はしないでほしい。
私の状況についていえば、何も心配する必要はない。
私は自分の運命に向き合う用意ができている。
解放される望みは薄く、今後、長期間にわたり獄に留まるであろうと思うとき、
両親に対し、面倒をよくみる、良き息子であることができなかったなあと感じる。
私の裁判はすでに始まっている。
知らせたい良いニュースは何もない。
刑期が何年になるかまだ判らない。

（ドゥンドゥップ・ワンチェン氏の獄中からの手紙　2009/10/31　訳：中原一博）

判決

二〇〇九年十二月二十八日、ついに判決が出ました。

裁判では、中国の安全を脅かし、中国の国家分裂を企んだ罪と言われました。裁判が始まった頃には、映画は国連でも上映され、各国の中国大使館前でデモがおこなわれているような状

況になっていたのです。それだけでなく、私がいる拘置所に、抗議の手紙や電話が殺到しているとも言われました。世界中で、私を助けるための署名運動がおこなわれていると。それだけの混乱を引き起こしたということで、罪が大きいと言われました。

「すべての責任が、ドゥンドゥップ、あなたにある」

そのとき、映画の撮影をともにしていた仲間の僧、ゴロク・ジグメ・ギャツォも捕まっていました。他にも友人が何人か逮捕されていました。ですが、「すべて指示したのは、ドゥンドゥップであり、あなたの仕業だ」と言われました。私は「そのとおりです」と答えました。映画の企画から撮影、製作すべての責任の所在が私にあることを、認めました。それが真実ですから。ですが、ひとつだけ最後まで断固として認めないと拒否したことがあります。それは、私が「分裂主義者」であるということです。私は、中国の国家分裂を企んで、映画をつくったわけではありません。ただ、今のチベット人がどんな思いを抱えているのかについて、インタビューしたにすぎないのです。ですから、「分裂を企んだこと以外は認めます」と訴え続けました。しかし、誰も私の訴えに聞く耳を持とうとしてくれませんでした。当たり前です。弁護士を含め、私の味方をしてくれる人はひとりもいないのですから。こうして私の裁判はひっそりと終わったのです。

裁判から二週間が経った頃でしょうか、再び法廷に呼ばれました。そこで、懲役六年の刑を言い渡されました。その法廷は、たった五分で終わりました。私のこれから経験しなければいけない長い長い獄中生活が、たった五分で決まったのです。憤りを感じざるをえませんでした。

映画をつくると決めたときから、逮捕され、投獄されることは覚悟していました。ただひとつ気がかりがありました。インドで暮らしているラモ・ツォたち家族のことです。食事をとっていると、ふと悲しい気持ちになることがありました。「家族は、今、どんなものを食べているのだろう」と。私自身も家族のことを憂いているし、きっと家族も私のことを心配してくれているだろうと考えると、やるせない気持ちになりました。

刑務所で、外の世界と連絡が取れるようになってから、私は、ラモ・ツォに「私と別れてほしい」という連絡を入れました。もちろん、本心ではありません。ただ、まだ若いラモ・ツォには、私のことなんて忘れて、新しい人生を歩んでほしいと思ったのです。子ども四人の面倒をみるとなると、苦労をかけてしまうとは思いました。ですが、私と家族でいることのほうが、これからの人生に暗い影を落とすことになると思いました。私の映画のせいで、彼女に迷惑をかけたくないと思ったのです。彼女に相談もなしに、私が勝手にやったことでしたからね。ですが、ラモ・ツォはずっと待っていてくれました。それがとても嬉しかった。さらに驚いたことに、私の釈放を訴えるために人前に立ち、彼女は声をあげてくれていたのです。

当時のことを淡々と語るドゥンドゥップが、唯一、顔を歪める場面があった。それが、家族について語るときだった。「チベットのための活動と家族との生活を両立させることは難しい」と話していたドゥンドゥップの葛藤が、垣間《かいま》見える瞬間だった。どれだけ固い信念を持ち、祖国のためにと強く決心していても、家族への思いを捨てきれない彼の人間らしさ、優しさが見え隠れしていた。それと同時に、ドゥンドゥップがラモ・ツォに別れを告げていたという事実に、胸をつかれた。その話をラモ・ツォの口から、一度も聞いたことがなかったからだ。そんな選択肢は、彼女にとって眼中になかったのだろう。彼の優しさを胸に秘め、彼女は黙々とダラムサラでパンを捏ねていたのだろうか。大切な宝物を見せるように、ドゥンドゥップと写る写真を見せてくれた当時のラモ・ツォを思い出し、愛おしく感じた。

獄中生活

二〇一〇年四月、私は青海省にある労働改造所（ラオガイ）に入れられました。拘束されたのが二〇〇八年三月だったので、それから二年も経過しています。その間、ただひたすら尋問などを受けていたのですが、以降は労働改造所での労働生活になりました。

労働改造所とは、一九五七年に正式に始まった「労働矯正制度」によって、軽犯罪や反革命行為をおこなった者を、労働を通して再教育する場所のことです。旧ソ連にあった「ラーゲリ（強制収容所）」に倣《なら》ったもので、刑務所での生活よりも苛酷だといわれています。

私が入所した改造所は、二千～三千人が収容されている大きなところでした。無機質で凍えるように寒く、建物自体も恐ろしい、恐怖そのものといえる場所でした。

ここに入ると、三ヶ月かけて新人教育がおこなわれます。そこで、軍隊のような行動と規律を教え込まれ、そして指導という名のもとに暴力を受けます。そうしていくうちに、心が挫けていっていることにはたと気づきます。思考が停止し始め、すべてを諦め、洗脳を受けているような、そんな気持ちになっていきました。

具体的にどんな生活だったのか、お話ししましょう。

新人は、まず朝五時から改造所の規則を暗記するために教本を読ませられます。時間を守る、上官に逆らわない、中国共産党がいかに素晴らしいかなど、そういった内容です。その本の内容をすらすらと暗唱できるか、定期的にテストがあるのです。

勉強を終えると、改造所全体の掃除が始まります。部屋だけではなく、トイレや食堂などもすべて掃除します。そして朝の七時から軍事訓練です。休憩は一切なく、夜の七時まで続きます。その後も教育という名の訓練が続き、夜の十一時に就寝します。そしてまた翌日の朝五時に起床という日々のくり返しです。気が遠くなるような単調で窮屈な生活です。しかも、生活はすべて中国語です。私は簡単な会話ならそれなりに理解できるものの、複雑な内容はわからず、教本のテストは落第点ばかりでした。

軍事訓練とは、全員そろっての行進だったり、敬礼の仕方だったり、上司への報告の仕方だったりを教え込まれるものです。個を失くさせ、すべて命令に従う人間をつくりあげようとしているのでしょう。布団のたたみ方にさえ、監視がつきます。すべて同じ形に整頓しなければいけないのですから。規則を破れば罰せられます。トイレだって、ずっと隣で見られています。

このとき、看守役となっているのは、同じ囚人でした。彼らは権力者の息子で、金や地位のある中国人でした。囚人のはずなのに、他の囚人を監視するだけの楽な仕事を任せられていました。囚人の中にも格差があったのです。もちろん、私たちチベット人など少数民族は、最下層でした。

さらに、政治犯は労働教育ではなく、思想教育が課せられるものだと聞いていました。私のように読み書きができない場合、非識字を脱するための勉強の時間を与えられるはずなのに、一切ありませんでした。私はただただ他の囚人と一緒に、労働を課せられたのです。あるとき、私は教官に「私は政治犯なので、思想教育を受けさせられるはずだ」と訴えたことがありました。すると、教官は冷たく言い放ったのです。

「中国には思想教育なんてものはない。あるのは労働改造教育だけだ」

三ヶ月が経ち、新人教育が終わると、囚人グループの中に入って労働させられました。ひとグループ七〜八人ほどのメンバーで構成されています。労働内容は多岐にわたりますが、どれも単調な仕事でした。絨毯づくり、車の製造、道路工事、草原の柵づくりなどさまざまでした。私は、メンテナンスというグループに入れられました。改造所の中のトイレやドアの修理、セメントをつくったり、壁を修理したりするグループです。

メンテナンスの仕事は、冬になると雪が深くなるので仕事がありません。すると、ぬいぐるみなどの縫製をさせられました。その他にも、注射針をつくる仕事もありました。細い針の周りを銅で巻いていく仕事です。実は、これは日本から依頼された仕事だと耳にしました。まさか、日本で使用されている注射針を、私たち中国の受刑者がつくっているなんて思いもよらないでしょう？　この仕事は、非常に細かい手作業を強いられ、指に針がささって腫れあがり、強い光を照射するので目もやられ、とてもきつい仕事でした。このような単調ながら苛酷な日々が続き、気づけば二年の歳月が流れ、二〇一二年になっていました。

ドゥンドゥップは、獄中での生活をまるで記録していたかのように詳細に語る。与えられた仕事をただこなすのではなく、その仕事の意味や目的を分析していた。そして、不思議なくらい中国の刑法が頭に入っていた。獄中における囚人の規則や、政治犯や少数民族の権利などについてだ。その知識をもとに、どれだけ自分が不当な扱いを受けたのかを論理的に語った。これほど規則に詳しいのはなぜか、と理由を問うと、「勉強したからだ」と答えた。自身が逮捕されることを見込んで、違法な扱いを受けないように事前に知識をつけていたのかもしれない。驚くべき記憶力だった。しかし、ドゥンドゥップの知識は獄中で活かされることはなかった。逆に、彼が権利を主張することで、彼の立場は危うくなっていく。規則や法律は、ドゥンドゥップが生きる世界ではあってないようなものだった。

二〇一二年二月、事件が起きました。いや、「起こした」と言ったほうが正しいかもしれません。私は、ある主張をしたことで、これまで以上に非道な仕打ちを受けることになったのです。中国では、受刑者が獄中で模範囚になれば、二年を経て減刑されることになっていると聞いていました。良好な生活態度、熱心な労働状況であれば、表彰されるのです。私の周りの人たちは、一回の受賞で、四ヶ月減刑されていました。この権利は、中国人はもちろん、チベット人だってウイグル人だって皆、平等なはずです。私は、二年のあいだに、この賞を三回受賞しました。三百人ほどいる労働グループの中で、十八位の成績をおさめたのです。単純計算でも、一年の減刑が約束されるはずでした。ところが、なぜか私だけこの減刑制度が適用されなかったのです。私は、このことについて、教官に訴えました。「不平等だ」と。すると教官は、渋々答えました。

「あなたは、政治犯ですから」

私は、政治犯であろうと、すべての囚人に減刑される権利があるということを強く訴えました。「囚人の行動規範」というルールがあり、その権利は、誰しもに平等に与えられるのだ、と。教官は、申し訳なさそうな顔で答えました。

「私たちは、あなたの生活態度について、素晴らしいと思っています。ですが、上からの命令なのです。私たちを責めないでください」

私は、どうにかして上官に直訴しようと主張し続けました。

「私は、他の人と同じ権利が欲しい。私の命を弄ばないでください」

何度もやり取りを続けるうちに、教官は疲れきって、私の行為について「パワーハラスメントだ」と言ってきました。そして最後に、強い口調で言いました。

「私を威嚇するな。囚人服を着ている者は、どんな人間でも私を威嚇することはできない。黙れ」

私の主張はあっけなく退けられ、そのまま二ヶ月放置されました。しかし、私は諦めなかったのです。

二〇一二年二月二日、同郷の友人が釈放される日でした。私は、ある計画を実行しました。私の窮状を外の世界に向けて手紙で訴えるという計画でした。ちょうどそのとき、外の世界では、当時の胡錦濤《こきんとう》国家主席が、米国や国連で、「今の中国では、人権問題は回復している」とスピーチをしていました。そのことが、どれだけまやかしなのか、私がどれだけ人権を踏みにじられているのか、訴えなければいけないと思いました。

釈放される友人は政治犯ではなかったのですが、同郷ということもあり、信頼していました。彼もまた、私のことを尊敬してくれていて、獄中でチベットの未来についてなど、たくさんの話をしました。当時、私の映画は、本土で暮らすチベット人にも知れわたっているようでした。新しく監獄にやって来た囚人の中には、私のことを知っていて、私を「監督」と呼ぶ人もいたくらいでした。私は少し誇らしく思うと同時に、映画の影響力を実感し、嬉しく思いました。

その日、私はもうひとりの信頼しているチベット人の囚人で、当時大学生だった青年の力を借りて、手紙をしたためました。そして、釈放される友人に託したのです。

それから五十日が経った三月二十九日、事態が一変しました。食堂で夕飯を食べていると、突然、食事が中断させられて、皆がそれぞれの牢に入れられました。ふと周りを見わたせば、監獄内の鉄の扉を監視しているのは、ふだんは囚人なのですが、ほんとうの警官に変わっていました。そして、改造所中の偉い警官たちがぞくぞくと集まってきたのです。私は咄嗟に「私のことかな」と思い当たりました。しかし、なぜか私のもとに警官はいっこうにやって来ません。

その代わりと言ってはなんですが、手紙を代筆してくれた大学生の青年が呼ばれていきました。夜、十時をまわっていました。私は、私の手紙のことだろうと確信しました。そして、覚悟しました。おそらく酷い暴力や拷問をされるだろうと思いました。囚人で仲の良かったチベット人の僧侶に、「もし私に何かあったら、家族に真実を伝えてください」と伝言をお願いしました。彼は「私は何もできないですが、あなたのことをすべて書いて、お知らせしますよ」と快く約束してくれました。私は震えながらも覚悟を決め、心を落ち着かせながらそのときを待ちました。

深夜二時をすぎた頃、大学生の彼が戻ってきました。彼の牢と私の牢は鉄格子で区切られている隣同士なので、彼の様子をうかがうことができました。顔をのぞくと、ぼこぼこに殴られているのがわかりました。傷だらけのまま、床に伏せっていました。見張りがいるので、話しかけることはできません。私は、彼への申し訳なさと恐怖で心が落ち着かず、眠らずにそのまま朝を迎えました。

翌朝、所内は異様な雰囲気に包まれていました。私を監視している人が、違う人に変わっていました。隙をみて、大学生の彼と話すことができました。すると、「手紙は失敗しました。すべてバレてしまいました」と小声で教えてくれました。どうやら、手紙は外へ出すことには成功したようでしたが、手紙の出現が大問題となり、捜査が始まったようでした。彼の顔は、いくつも青痣《あおあざ》や切り傷ができ、痛々しく腫れ上がっていました。「電気ショックや酷い暴行があった」と言いました。私は、「すべて私の責任なのだから、私に書かされたと言ってください。私のことは心配しないで」と彼に言いました。彼は力なく微笑むだけで、何も答えませんでした。

午後三時になろうとしていました。それまで何事もなかったように時がすぎていましたが、ついに私の名が呼ばれたのです。

「ドゥンドゥップ、来い」

呼ばれるがままにその場所へ行くと、小さな部屋に四人の警官が待っていました。ひとりはこの改造所のトップ、もうひとりは課長クラスの人、そして私を監視するリーダーとチベット人の役人の四人でした。彼らは、私を「獄舎」という場所へ連れて行きました。

「獄舎」は、皆がいる牢から離れた場所にあり、部屋の中は薄暗く気味の悪い雰囲気でした。窓はひとつもありません。中心に「虎の腰掛け」が置いてあり、その目の前には電気ショックのために使われるであろう電気棒が何本も並んでいました。

部屋に入ると、私は着ている服をすべて剝ぎ取られ、ボロボロの服を着させられました。靴も布でできた靴を履かせられました。そして「虎の腰掛け」に座らされ、手足をきつく縛られました。

部屋には、その四人の他に七人の警官がそこかしこに立っていました。電気棒のスイッチを入れたりしながら、いかにも拷問の準備をしているかのように私に見せつけてきました。そしてひとりの警官が私に向かって尋問してきました。

「言い分をいえ」

そのひと言だけでしたが、私は、これまでの私の主張をすべて話しました。「三百六十五日、休むことなく夜遅くまで働き、行動規範にものっとって生活している。誰とも喧嘩もしていない。賞をもらっているのに、なぜ減刑されないのか？　私には、年老いた両親がいて、妻も子どももいる。一刻も早く家族と会えるようにと、所内の規則を守っている。どうか、私の権利を認めてくれ」と、訴えました。すると、警官は冷たい口調で言いました。

「あなたは、二つの罪を犯している」

そして、その罪について滔々と説明を始めました。ひとつ目の罪は、私が「思想報告書」を書いていないということ、そして二つ目の罪は、外へ手紙を出したことでした。「思想報告書」とは、自らの罪を認め、その罪を悔い改めて書面に記すことです。改造所では、労働をしたことでどれだけ思想が変化したかということが重要視されているので、この報告書はとても大切なものです。ですが、私は収監されたときから、罪を犯していないと主張してきました。無実の罪で投獄されているのです。ですから、「思想報告書」を書くことを拒否していました。それが罪であるといわれてしまうのであれば、致し方ありません。これについて、私は拒否を続けました。

私は「獄舎」にある一畳ほどの部屋に、八十四日ものあいだ、監禁されました。窓ひとつない、真っ暗な小さな部屋に。窓がないので、昼か夜かもわからない状況が続きました。その間、「虎の腰掛け」からは解放されましたが、地獄のような日々を過ごしました。「獄舎」に入れられるのは、中国の刑罰の中でも最も重い罰といわれています。食事は一日二食。二食といっても出されるものは、一食につき少しの水と蒸しパンひとつとおかず一品だけ。ふだんは、一食につき蒸しパンが二つ出されるので、実質、一食の半分の量でした。部屋の中には寝床とトイレがあるだけ。トイレは汲《く》み取り式でしたが、水がないので流すことができず、汚物がただ溜《た》まっていくだけでした。寝床だって、薄っぺらい敷き布団が一枚です。凍えるような夜を過ごしました。これほど苛酷な生活なので、自殺者がでるのだと聞きます。そのため部屋は、自殺ができないように壁はつるつるで、天井がとても高くつくられていました。そして二十四時間監視カメラで見張られていました。

監禁されていた八十四日のあいだ、改造所の監視員がやって来ては、「罪を認めろ」と迫ってきました。ですが、私は断固として拒否をし、認めませんでした。どれだけ暴行を受けようが、刑が延びようが、関係ないと覚悟を決めていました。私が耳にした話では、この「獄舎」での監禁は長くても四十二日間までと決まっているはずです。しかし、私は倍の八十四日間も入れられました。違法を違法だと認める人など存在しませんでした。

八十四日がすぎ、ようやく外へ出されました。暦は八月になっていました。「獄舎」から一歩踏み出したとき、外の光が眩《まぶ》しすぎて目がくらむほどでした。鏡をのぞくと、髪が肩まで伸び、歯も顔も薄汚れ、頬はげっそりとして変わり果てた自分の姿がありました。しばらくすると、身体に出来物ができ、全身が痒くなりました。どうやら光の刺激で、皮膚が炎症を起こしたようでした。それほど暗闇での生活に身体が慣れてしまっていたのです。私は、注射針の仕事で目を悪くしてしまいましたが、この出来事でさらに目に負担をかけることになってしまいました。

監禁が解けた日、教官に言われた言葉が忘れられません。彼らは、私を脅すようにこう言ったのです。

「改造所には二千人もいるから、ひとりが死ぬことなんてどうということもないんだ。おまえのことだって簡単に殺せるんだからな。ただ、おまえの思想を変えるために、また労働させるんだ」

この言葉どおり、監獄では自殺する人や殺される名もなき人が存在していたのも事実でした。ですが、私はそんな脅しには屈しませんでした。

「働くには働きます。ただし、対応を公平にしてください。さもないと、私は訴え続けます」

教官たちは、呆れ果てていました。こうして私は、労働改造所から移動することが決まりました。同じ青海省の西寧にある刑務所へ移ることになったのです。二〇一三年が明けてすぐのことでした。

ここまで語り終えると、ドゥンドゥップは深い溜め息をついた。当時のことを反芻《はんすう》しているのかもしれない。静かに目を伏せ、拳を強く握っていた。八十四日間もの監禁生活には、想像を絶する苦しみがあったはずだ。当時を思い出しながら、詳細に語ることがどれだけ辛いことなのか、通訳者も私も言葉を失った。しかし、疑問もわいた。なぜ、ここまで恐怖に屈せず、自分を持ち続けられるのか。このことについて、問うた。「恐怖はなかったのか」と。するとドゥンドゥップは、少し穏やかな顔つきになり、答えてくれた。

「私たちは仏教徒だから、どんなときも心は落ち着いているのさ。カルマ（業）を信じているからね。どんなことだって我が身に起こるべくして起こる必然なのだ、と。もともと仏教では、現世は〝苦しみの大海〟であるという教えがある。だから、刑務所での生活が〝苦しみの大海〟のなかにあるのだと考え、やりすごしていたのさ」

そう語るドゥンドゥップの背後には、ダライ・ラマ十四世の写真と、仏画が飾られていた。チベット仏教徒であれば、誰しもが自宅の一室につくる仏間が、この家ではリビングにあった。どんなに貧しくても、仏間だけは手を抜かない。立派な木目調の棚を置き、その上に仏具を置き、花を飾る。毎朝、毎夕、この仏間で祈りが捧げられる。ドゥンドゥップにも、この習慣が幼い頃から染み着いていていた。

名ばかりの釈放

嬉しいこともありました。新しい刑務所へ移ったとき、私が国際的な賞を受賞していることを聞きました。米国のジャーナリスト保護委員会から授与される「国際報道自由賞」というものでした。もちろん、同じ囚人から教えてもらったことです。逮捕される前に、VOA（ボイス・オブ・アメリカ）を通して、このニュースを知ったと言っていました。この頃には、中国人の教官のなかにも、私のことを「監督」と呼ぶ人がいたくらいでした。少し誇らしい気持ちになりましたね。

映画の影響はとても大きいと感じていました。政治犯として刑期が短かったのも、映画を通して多くの人が私の釈放運動をしてくださったからだと思います。実際のところ、私のような者であれば十五～二十年の刑期であるはずです。それが、六年で終わりました。

日本の人は信じられないかもしれませんが、中国では些細《ささい》なことで投獄されます。例えば、焼身抗議者の身近な人や家族というだけで、懲役一～二年の刑を受ける人もいますし、焼身抗議者のために祈っただけで、懲役四～五年の刑を受けた人もいます。私の知人でも、焼身抗議の現場に居合わせ、それが監視カメラに映っていただけで懲役十二年の刑を受けた人がいました。その人は肉屋で、ただ仕事道具のナイフを持っていただけでしたが、公務執行妨害と見なされたのです。

そのように考えれば、私の刑期六年は、短かったといえます。海外で、多くの人が私の待遇のことを抗議してくれたからでしょう。存在が目立つことによって、不利に働くこともあるかもしれません。ですが、私の場合は映画が世界に知られていったことで、身体を労《いたわ》ってもらえるようになりました。半年に一度は、病院にも連れて行ってもらっていたのですから。他の受刑者で、定期的に健診を受けている人はほとんどいませんでした。亡くなる直前まで病院を受診させてもらえない受刑者だっていました。そういう意味で、私は刑務所の中で特殊な立場だったと思います。すべて、海外での運動のおかげだと感じていました。

ただひとつ自由が奪われていたのは、外との接触でした。私は手紙を出すことも許されませんでしたし、家族と面会することもできませんでした。他の政治犯は、月に一～二回ほど家族と面会する機会があります。私の場合、面会は禁止され、電話をかけることすらほとんど許されませんでした。

二〇一四年六月四日。ついに、釈放の日がやって来ました。直前の数日は、興奮して食事も喉を通らず、眠ることもできないほどの状態でした。ほんとうに釈放されるのか、最後まで確信が持てなかったのですから。というのも、もし釈放されるのであれば、通常、朝の七時くらいに刑務所の職員に挨拶をし、そのまま外で待つ家族と再会して自宅へ帰るはずです。しかし私の場合、釈放当日になっても、さまざまな混乱が勃発したのです。

それは、突然でした。まだ夜も明けない午前四時、「行くぞ」と声をかけられ、刑務所の服のまま外へ連れて行かれました。辿り着いた先は、また別の新しい刑務所でした。そして、何やらそれぞれの刑務所のトップ同士が話し合いをしているのです。このとき、これは釈放ではなく、また新しい刑務所に収容されるのだと絶望しました。両親やラモ・ツォ、子どもたちの顔を思い浮かべ、胸が苦しくなりました。諦めの気持ちがふつふつと湧いて、自暴自棄になりました。「もう、終わりだ」と。

しかし、様子が少し違いました。ふと、美味しそうな香りがするほうへ目をやると、刑務官たちがご馳走をつくっているのです。麺料理や卵料理、パンも準備していました。なぜ、このようなご馳走をつくっているのか理由はわかりませんでした。通常であれば、毒が盛られていると考えるほうが自然かもしれません。ところが、自暴自棄になっていた私は、腹が空いていたこともあり、このご馳走をたいらげました。とくに体に異変は起きず、ただ親切心でご馳走をふるまってくれただけだったのか、これは今も理由がよくわかりません。チベット人もそうなのですが、中国人も、ときどき謎の行動をとることがありますからね（笑）。

ちょうど食事を終えた頃、空が白み始めてきました。すると、刑務官から「服を着替えてください」と、私の姉が持ってきてくれたという服を与えられました。着替えが終わると、ラモ・ツォの故郷ラブランの警察が私を迎えに来ました。

なぜ、ラブランの警察が私を迎えに来たかといえば、私の戸籍がラブランにあったからです。私は、かねてよりダラムサラやネパールとチベットを行ったり来たりしていました。さらに政治犯として前科があった従兄弟のジャムヤンと活動していたため、故郷の青海省では公安にマークされていました。私の故郷は小さい田舎町だったこともあり、悪目立ちし、すでに身分証を発行してもらえない状況になっていました。チベット人は、身分証がないと中国国内でもどこへも自由に行けません。まして、ラサで暮らすことなんてできません。そこで、ラモ・ツォの故郷ラブランに戸籍を移したのです。ラブランは甘粛省ですから、青海省の管理からは外れます。さらに、都会なのでさまざまな人が往来しています。私もその大多数の中に埋もれるようにと、ラブランに戸籍を移していました。ラブランに婿入りしたんです（笑）。案の定ラブランで、私は、私の身分証を発行してもらうことに成功しました。

ラブランの警察は、私を車に乗せてラブランへ連れて行こうとしました。刑務所のある西寧から二百五十キロほどの距離があり、車だと四時間以上かかります。私は、実際の故郷である化隆回族自治県へ帰りたいと望みました。そこには、今も姉や妹が暮らしていましたから。そこで私は「ラブランに親戚は誰もいません。今日から自由であるなら、ここで降ろしてください」と懇願しました。しかし、そう簡単にはいきませんでした。その後、青海省の警察とラブランの警察とで話し合いが始まり、いっこうに身動きがとれなくなりました。警察のほうも、何か問題が起きたとき、責任を取りたくなかったのでしょう。どこの省の誰が責任を取るかで話し合っていたのかもしれません。私は、何時間も待ちぼうけをくらいました。最終的に話し合いが終わり、私が故郷へと送り届けられたのは、夕方五時をまわっていました。感動も何も湧き起こりませんでした。ただただ疲れ果てていました。ですが、最後に警察から言われたひと言が、胸に楔《くさび》を打ち込まれたかのように強く残りました。

「おまえが外へ出ようが、政治的権利も、自由も一切ない。刑務所と何も変わらないんだ。おまえを支配する権利を、私たちは持っているんだからな」

米国へ亡命を成功させるまでの三年のあいだ、これから私が経験するであろう苦労を予言しているかのような、恐ろしい言葉でした。

命よりも大切なものは、自由

釈放されてすぐに、米国で暮らすラモ・ツォたち家族と電話がつながりました。ですが、私はとても複雑な感情を抱いていました。というのも、ラモ・ツォたちが米国へ渡っていることを知らなかったからです。子どもたちは、ダラムサラでチベット語の教育を受けていると思っていました。久しぶりに話すことができた喜びよりも、海を渡って米国で暮らしているという事実にただただ驚いていました。心が落ち着いていなかったということもありましたが。現に、出所した翌日から、刑務所にいる悪夢にうなされ、突然、動悸《どうき》が激しくなることがありました。夢うつつになって、自分が何をしているのか、どこにいるのか、わからなくなることがありました。

さらに気がかりだったのが、私のような政治犯が十人ほど刑務所に残っていることでした。獄中にいるあいだ、彼らとは親しくなり、私が釈放されるときには「我々の勝利だ」と喜んでくれたのです。私が無事に出所できたならば、彼らの家族と連絡を取ると約束をしていました。ところが、出所する直前にすべての持ち物を公安に没収され、彼ら家族の連絡先がわからなくなってしまったのです。私は、ラモ・ツォや子どもたちと連絡を取る度に、彼らのことを思い返し、自分の無力さに胸がえぐられるような気持ちになりました。

生まれ育った故郷の景色も、私の心をざらざらとさせました。二〇〇八年当時と比較して大きく変わっていたからです。かつてはチベット式の土と木材でできた素朴な家が並んでいた場所に、コンクリートと煉瓦造りの巨大な建造物が建っていました。農地も制限され、棘のような柵が植えられていました。仲間たちと集まる憩いの場のような広場もなくなり、まるで中国の町に迷いこんでしまったかのような気持ちになりました。両親が暮らしてもいない我が故郷は、すでに私の帰る場所ではなくなっていたのです。

一方で、嬉しいこともありました。この小さな村に暮らす人々の意識でさえも、良い意味で変わってきていました。かつて、チベットについて考える意識が低かった村人たちが、チベット問題について強い関心を持つようになっていました。現に、私が故郷へ戻ったとき、村中が総出で、カタ（儀礼用スカーフ）を持って私を歓迎してくれたのです。涙を流して迎えてくれる人もいました。ひとりひとりの家を訪ねると、皆、モモ（餃子に似たチベット料理）などご馳走をつくって、私を厚く歓迎してくれました。まさに高僧になったような気分でした（笑）。

さらに驚いたことに、私を招待してくれたほとんどの家の中に、ダライ・ラマ十四世やチベット亡命政府のロブサン・センゲ首相の写真が飾られていたのです。二〇〇八年以前には、考えられないことでした。それほど、村人の意識が大きく変化していたのです。この小さな村にも、私たちの祈りが届いているのだと実感しました。

そうは言っても、新しい生活は牢獄にいるとき以上に、辛く孤独なものでした。まさに、最後に警察から言われた言葉どおりの暮らしを余儀なくされたのです。

「おまえを支配する権利を私たちは持っている」

私は、この言葉に引きずられながら生きていました。そしてまたそれは、さまざまな生活の場に影を落としました。例えば、私が外出をしようとするならば、すべての行き先を公安に報告しなければいけませんでした。ときどき抜き打ちで、自宅を訪ねてくることもありました。私の様子をうかがいに来るのです。私と世間話をするときもあれば、映画をつくったことについて、過ちを認めろと言ってくることもありました。過ちを認めれば、家族と会わせてやると言うのです。反省すれば、子どもたちをチベット語の学校へ通わせてやるよ、と。しかし私は、「責任は私にあるかもしれませんが、反省はしません。国際法に則って、私は何も罪は犯していません」と主張し続けました。

最も悲しかったのは、チベット本土に残っていた姉や妹が、すでに公安から教育を受けていて、私のことを罪深いと思っていることでした。私は悪事を働くので、信用してはいけないと思い込んでいました。この六年、家族に多大な迷惑をかけたことは否定しません。ですが、家族から信頼されず、罪深いと思われていることは、非常に悲しいことでした。姉は、私とあまり関わりたくなかったのかもしれません。私の生活の場として、一軒の家を用意してくれました。その家は、青海省の海南チベット族自治州、チベット名で「ツォロ」にある山奥の小さな村にありました。そこは、外の世界から隔離されたような静かな村で、誰とも接触できないような場所でした。

ひとりぼっちになった私は、スマートフォンを使って、チベット語の勉強を始めました。チベットでは、スマートフォンを利用してチベット語のテキストをやり取りし、音声チャットで読み方や発音を習う授業が流行っています。ラモ・ツォのように海外で暮らすチベット人も同様に、授業を受けていたりします。私も同じように、何人かの先生からチベット語を習い始めました。ペンすらあまり持ったことのない私が、チベット語の本を読んだり、綴《つづ》りや文法を学んだり、中国語まで勉強する時間をつくることができたのです。せっかくの機会だからと、私は熱心に勉強に励みました。もし、私が読み書きができるようになったら、これまでの私に対する不当な仕打ちについて、文章で訴えることができると考えたからでした。獄中でも、誰かに頼ることしかできず、その度に他人に迷惑をかけてきました。私は自分の力で文章を書き、外の世界へ訴えたいと思ったのです。

しかし、しばらくして先生たちと音信不通になりました。どうにか連絡を取ってみると、「公安に脅された。ドゥンドゥップと関わらないほうが身のためだ、と忠告された」と言われました。先生たちに、圧力がかかったようでした。さらに、友人たちも私と連絡を取らなくなりました。元政治犯である私と関わると、さまざまな嫌疑をかけられるからでした。

こうして私は、社会からどんどん孤立していきました。そして、牢獄から解き放たれたにもかかわらず、見えない鎖でつながれているような生活を余儀なくされたのです。唯一の救いが、勉強だったといっても過言ではありません。私は貪るように書物を読みました。そして、ある文章が目に留まったのです。

「命よりも大切なものは、自由だ」

当初、この文章を見つけたときは、「この言葉は何だ?」と思うだけでした。ですが、このような軟禁生活を続けていくうちに実感していきました。なぜなら、生きていても、自由がなければ何もできず、死んでいるも同然だと思ったからです。外出するにも、独断で動くこともできなければ、チベット語の先生を持つこともできません。友人との接触も阻まれました。遠出するには、公安に報告してから動かなければいけないですし、ラサへ行くことは禁止されていました。ただ、インターネットを通じて海外からの情報を得ることはできました。焼身抗議のニュースや、政治犯として逮捕される同胞のニュースを聞く度に、チベットの現状について歯痒い思いをしました。しかし、いくら思いを募らせても、行動を起こす自由が私にはなかったのです。

私は、生ける屍《しかばね》でした。

ドゥンドゥップは、獄中にいたとき以上に、釈放されてからの生活が苦しかったと何度も語る。そしてそれは、自分以外の元政治犯も同じ境遇にあるのだ、と。メディアの報道では、「釈放されれば、一件落着」としがちであるが、その後に続く日常がどれだけ苦しいものか、そのことを知ってほしいと強調する。人々は、ある現象に対して瞬間的に熱狂して盛り上がり、そしてすぐに忘れていく。ドゥンドゥップは、自分や名もなき元政治犯たちが忘れ去られていくことに、焦燥を感じているようだった。

「実は、秘密の映像があるんだ」

ドゥンドゥップは、軟禁中に自らを撮影した映像を見せてくれた。そこには、孤独に日々の生活を送りながら、カメラに向かって自身の窮状を訴える男の姿が映っていた。高僧に自身の未来を占ってもらったり、山に登って土地神のもとへ行き、祈りを捧げたりする姿があった。映像に映っている部屋の片隅には、机に酒瓶が並び、煙草の吸い殻が灰皿にこんもりとしていた。そのことについて指摘すると、ドゥンドゥップは笑いながら答えた。

「あの三年の生活で、酒と煙草の量が増えてしまったよ。それしかやることがなかったからね」

笑顔になったかと思うと、再び険しい顔つきに戻り、映像のことについて教えてくれた。

「この映像は、私が亡命する直前にジャムヤンに送ったんだ。亡命で命を落とすかもしれないと思ったからね。最期の映像のつもりだった。ジャムヤンには、娘たちの洋服だと伝えて送った。きっと、彼なら気づいてくれると信じて」

自由への逃走

インタビューは、三日目を迎えた。この日、私はいつも以上に気持ちが昂っていた。なぜなら、ドゥンドゥップの亡命の核心に迫れるからだった。あれだけ監視され自由を奪われていた人間が、いったいどのような手順で、どのような道のりで亡命を成功させたのか。この半年、知りたくて仕方がなかった。もちろん、今後のために、亡命ルートなど秘密のままにしなければならないこともたくさんある。ただ、可能な限りは詳細に聞きたいと思っていた。

興奮が伝わらないよう、私は静かに質問を始めた。するとドゥンドゥップは、大きく息を吸い、ゆっくりと語り始めた。


ある日、スイスのジャムヤンから連絡が入りました。

「××があなたに会いに行きます」

私はその××から、亡命の道順を教わったのです。合言葉は、「◯◯へ観光に行く」でした。その◯◯には、地名が書かれていて、私はその地名を辿って行動したのです。秘密の亡命ルートでした。

亡命の計画を行動に移したのは、二〇一七年二月です。実際に亡命したのは十一月ですから、半年以上前から秘密裏に進めていたのです。このことを知っていたのは、スイスのジャムヤンだけです。他の人には誰にも話していませんでした。

その頃から、私は四川省の成都とツォロを行き来する生活を始めたのです。成都は、ツォロから千キロ以上南にある大都市です。車で行くと、二十時間ほどかかります。最初は、成都にある大病院を受診するという理由で行きました。少し滞在し、ツォロに戻りました。しばらくして、今度は仕事をするという理由で、成都へ一ヶ月ほど滞在しました。そして、またツォロに戻るという生活をくり返しました。その間も、公安とはずっと連絡を取り合っていました。ですが、これだけ私が長距離を移動しているもので、だんだんと億劫《おっくう》になってきたのか、電話でのやり取りだけになっていきました。彼らは、ただ私が中国国内にいると確認できれば良かったのです。

こうして私が成都とツォロを行ったり来たりしているうちに、公安は、どうやら私がどこにいるか混乱してきたようでした。私はそのタイミングを見計らって、計画を実行しました。最後は、ツォロを出た後、成都に一泊だけし、これまで使っていた携帯電話や身分証などをすべて捨てました。私が「ドゥンドゥップ・ワンチェン」であるという証拠すべてを隠滅したのです。これで家族とは誰とも連絡が取れなくなりました。唯一、ジャムヤンと連絡を取るためだけに、新しい簡易の携帯電話を持ちました。そして、着の身着のまま雲南省へ向かったのです。二〇一七年十一月十二日のことでした。奇しくも、ラモ・ツォが日本へ向かう途上に、私は命がけの亡命へと旅立ったのです。

雲南省のどこの県だったかは記憶が定かではありません。その雲南省のどこかの県に二泊すると、迎えが来ました。中華系のベトナム人でした。彼は、変わった中国語を話しました。聞けば、一九五八年に中国からベトナムへ亡命したと言いました。その年であるならば、もしかすると、中国共産党の統治が及んだ際、家族でベトナムへと亡命したのかもしれません。なんだか不思議な縁を感じました。

「バイクの後ろに乗ってください」

その人は、癖のある中国語で続けました。彼を信じるのか、疑うのか。そんなことを考える余裕はありませんでした。ただ、私がチベットに残ったとしても、今後も死んだも同然の生活を強いられます。それに比べたら、一縷の望みにかけるしかありませんでした。死ぬか、再逮捕されるか、それほどの覚悟がありました。とにかく私は決断をして、前に進むしか選択肢がありませんでした。命がけだったのです。

バイクは一日かけて、うっそうとした森を走り続けました。密林の中だったので、視界は真っ暗でした。道という道があるわけではなく、ただぬかるんだ土の上を、バイクがかき分けて進むといった状況でした。

出発からどのくらい経ったかはわかりません。日も暮れた真夜中、ベトナムの首都ハノイに到着しました。ハノイには、何泊かし、体を休ませました。するとまた、道案内人が私のもとを訪れました。その人もまた、中華系のベトナム人でした。そしてその人と一緒に、今度はカンボジアへ向かうことになりました。

しかし、ここで問題が起きました。カンボジアへの道半ば、国境でカンボジアの警察に捕まってしまったのです。素性が知れたら、大変なことになります。幸運だったのは、賄賂でことがすんだことです。私たちは、言われるがまま多額の賄賂を払い、事なきを得ました。しかし、このことでカンボジアへは入国できなくなってしまいました。私たちはそのままタイへ向かうことになったのです。私は地理がわからないので、どのようなルートで行ったのか見当もつきません。車を乗り変えて、タイへと向かいました。

タイへ到着してまもなく、私は米国大使館へと駆け込みました。ここは詳しく話すことはできません。ですが、事前に話が通っていたのでしょう。その大使館は、私を快く受け入れてくれました。そして、ようやくジャムヤンに、無事であるとの連絡を入れることができました。

ここまでの道のりに、一ヶ月ほどかかりました。その間、連絡をとることができたのは、ジャムヤンだけでした。ですから、私が青海省を発った十一月十二日を境に、ラモ・ツォをはじめ私の家族はパニックに陥っていたと聞いています。ドゥンドゥップと連絡が途絶えたと。そのため、ジャムヤンに連絡が殺到していたのだそうです。ジャムヤンは、すべてを知ったうえで、私の両親には「何も知らない」と答えていたと言います。もし、ほんとうのことを話したら、年老いた両親にはもっと心労をかけたでしょう。亡命が成功するかどうか、誰にもわからないことでしたから。ジャムヤンは、秘密にしてくれたのです。ただ、ラモ・ツォには、「道半ばである」ということだけは知らせてくれていました。それは、私の希望でもありました。

ジャムヤンは、私もそうですが、ラモ・ツォも私の両親も、全幅の信頼を置いている人物です。私は、幼いときから両親の家族、四家族と一緒に暮らしていました。きょうだい、いとこ含め十四人いましたが、私が最も仲が良く、尊敬していたのが、四歳年上のジャムヤンでした。ジャムヤンは、かつて僧でした。十四歳で村を出てラサへと旅立ちましたが、私はずっと彼に憧れていたのです。チベットに対する考え方や、生き方で意気投合していました。一九九六年には、ラサで政治犯として逮捕され、二年間、獄中生活をしています。その後、ダラムサラへ亡命し、ダラムサラでは元政治犯の亡命者を支援する「グチュスム（チベット良心の元囚人の会）」という団体で活動もしていました。彼は、ラサにいるときも、ダラムサラにいるときも、信じられないほどの人脈を持っていました。そして、すべての人から信頼され、人望の厚い人でした。スイスへ渡った後も、チベットで活動する私のサポートをしてくれたのは彼でした。私がタイへ亡命できたのはすべて、ジャムヤンの人脈のおかげでした。そしてまた、彼は、タイから米国へと渡る手はずも整えてくれたのです。

タイで保護された私は、ラモ・ツォたちのいる米国へ渡るか、ジャムヤンのいるスイスへ行くかで足止めを食らいました。これも、詳しい事情は話せないのですが、直接、米国へ渡ることは厳しいということになりました。そこでジャムヤンは、私をスイスへと呼んでくれたのです。

スイスに着いたのは、十二月十五日でした。汗のにじむ熱帯のタイとは打って変わって、スイスは、まるで故郷へ戻ったかのような気候でした。清々しく、ようやく深く呼吸ができたような気持ちになりました。夢にまで描いていた〝自由〟とは、こういったことなのかもしれない……。深呼吸をしながら、ふと、思いました。

しかし、頭の中は放心状態でした。嬉しい感情と、悲しい感情が同時に押し寄せ、混乱していたのです。やはり、故郷に残してきた家族が心配でした。私が国外へと亡命してしまったせいで、今ごろ尋問されたり、拷問されたりしているのではないかと気が気ではありませんでした。

二十代の頃からともに活動してきた友人のことも気がかりでした。映画だって私の名前で発表していますが、その陰ではたくさんの仲間たちが関わっています。そのなかには、逮捕された人もいれば、逮捕されなかった人もいますが、一様に当局の監視下にあります。私のような元政治犯は、中国にいる限り、一生その枠組みから抜け出せないのです。私だけが自由を手に入れることが許されるのか、何度も思い悩みました。

スイスにいるあいだは、ほとんどうわの空で、誰と何を話したか記憶に残っていません。ラモ・ツォや子どもたちとSkypeで会話できて、心の底から安堵したことは覚えています。ようやく気兼ねなく自由に会話することができる、と。

ただ心が落ち着くことはありませんでした。とにかく悪夢にうなされ、ほとんど眠ることができませんでした。亡命のときの夢を毎日のようにみるのです。亡命の途上で逮捕され、手錠をかけられるところで目を覚まします。その冷たい感触が残ったまま、ぐっしょりと汗に濡れた状態で目覚めるのです。今でも、この夢をみることがあります。どんなに安全な場所にいようと、私の身体には恐怖が刻みこまれたようでした。

スイスに到着してまもなく、米国へ渡れることになりました。正直、まだ亡命できたという実感が湧かず、地に足がつかないふわふわとした状態でしたので、私は、周りの人に言われるがままに行動するだけでした。促されるままスイスを後にし、米国行きの飛行機に乗りました。

空の上にいるあいだ、大きな海を真下に望みました。山に囲まれて育ってきた私は、ずいぶんと遠くまで来てしまったのだなと感慨深い心持ちになりました。

十二月二十五日、米国に到着しました。世の中は、クリスマスという行事だったんですよね。

娘たちが、私を「サンタクロース」だと言って喜んでくれました(笑)。驚いたのが、次女のラモ・ドルマが大きく成長していることでした。彼女とは、彼女が物心つく前に離れていたので、長い時の流れを感じました。ただ、多くの人が私を迎えてくれましたが、スイスのときと同じように実感は湧いてきませんでした。頭の中の混乱と、故郷へ残してきた家族や仲間たちへの思いが、拭いきれなかったのです。

ドゥンドゥップは、時おり眉をひそめながらも、淡々と語る。ひとつひとつを丁寧に思い出しながら。メモ書きが残っているわけではなく、すべて諳《そら》んじて話すのだ。その詳細ぶりに啞《あ》然《ぜん》としてしまう。私も通訳者も、ドゥンドゥップの語りに引き込まれるように、時を忘れ、集中していた。気づけば、部屋は蒸し上がるほどに暑くなっていた。ドゥンドゥップの額にも、カメラを握る私の手にも汗がにじんでいた。

「休憩にしましょうか」

私が言葉をかけると、ドゥンドゥップは途端にベランダへ出て、煙草に火を点けた。大きく息を吸い、煙草をくゆらす。その後ろ姿を見ながら、今回のインタビューで何度も出てきた〝自由〟について、思いを馳《は》せた。

仏陀の言葉を借りると、自由とは「自らを由《よ》りどころにする」という意味になる。つまり、すべて自分自身の意志を拠《よ》りどころにして判断し、行動するということだ。言い得て妙だ、と思わず唸《うな》ってしまう。ドゥンドゥップの言う〝自由〟と必ずしも一致しないかもしれない。けれど、ここまでの彼の生き様を辿ると、彼は仏陀の言う〝自由〟を求め、それをそのまま体現しているかのようだった。自らの意志で道を切り拓き、その道を固めていく。どれだけ不当に強要されたとしても、意志を曲げずに貫き通す。そして、〝自由〟が奪われた場所から、自らの意志で命がけで脱出し、再び自由を獲得していく。

ドゥンドゥップにとって、〝自由〟ほど、かけがえのないものはなかった。それは、もしかすると〝自由〟のない場所に生まれたがゆえの渇望なのかもしれなかった。

休憩を終えると、ドゥンドゥップはぱたりと個人的体験を語らなくなった。そして、チベットが置かれている状況、元政治犯の境遇を訴えることに終始した。それは、仲間を置いて自分だけが自由を手に入れたことについて、後ろめたく感じているかのようだった。まるで、米国での新しい生活への希望と故郷チベットに残る同胞への思いとのあいだで、揺れ動いているかのように。

異境で生きる

「録画したＳＤカードを、置いていってくれないか？」

インタビューを終えた帰国前日、ドゥンドゥップが私に放った言葉だ。詳細に話しすぎたことを後悔しているのだという。ドゥンドゥップは、相手を信用できるのか、すぐに疑いの念を抱いてしまうのだとも言った。今回のインタビューでは、その日ごとに彼は私への猜疑心《さいぎしん》をあらわにした。このインタビューが何に使われるのか、映像をどうするつもりなのか。その度に説明をし、理解を得たとしても、翌日になると再び同じ質問をくり返すのだった。

拘束前からのドゥンドゥップの慎重な行動、獄中での頑なな意志、そして命がけの亡命劇を思うに、これだけ疑り深いのは致し方のないことだった。しかし私も、毎日のように疑いの目を向けられることに、ほとほと弱ってしまった。労働改造所の教官がドゥンドゥップに降参し、刑務所へと移した理由が、なんだかわかるような気がしたのだ。もちろん、どちらが正しいかは別の問題であるが。

こうした強い口調とは裏腹に、米国で暮らすドゥンドゥップは、どこか寂しげで背中が丸まっていた。家族が仕事へ出かけている日中、空いた時間とがらんとした部屋を持て余しているようだった。そんなドゥンドゥップの心情が垣間見えたときがあった。

インタビューの合間に、ドゥンドゥップが、ある亡命チベット人一家の邸宅へ連れて行ってくれたときのこと。その家族は、一九九二年、ダラムサラから米国へ亡命していて、ミネソタ州のチベッタン・コミュニティの中でも古参だった。アムド地方出身で、ドゥンドゥップが信頼を置いている夫婦だ。ドゥンドゥップ一家をミネソタ州に誘ったのも、彼らだった。

その家は、門をくぐると芝生が広がり、中心にチベットの祈禱旗《タルチョ》がたなびいていた。白と黒のぶち犬が、嬉しそうに走り回っている。庭の奥には、コテージ風の白い家が建ち、窓から中年の女性が顔を出した。

「タシデレ（こんにちは）。どうぞ、中に入って」

部屋に入ると、大きなチベット仏教の仏画が飾られたダイニングキッチンがあった。テレビからは、チベット本土で流行しているチベッタン・ポップスが流れている。台所では、白いランニングを着た男性が料理をつくっていた。

「今日の料理人、タシよ」

その女性は、嬉しそうに夫を紹介すると、ドゥンドゥップを席につかせ、熱々のバター茶を淹れた。黙々と料理をつくるこの家の亭主は、どうやら、もともと料理人だったらしい。話すよりも料理をつくるほうが得意なのか、多くを語らずに小麦粉を捏ね、ご馳走の準備をしていた。一方で、饒舌《じょうぜつ》だったのは妻のペマのほうだった。もともとダラムサラの「チベット子ども村」でチベット語の教師をしていたというペマ。今も、米国で生まれた難民二世や三世にチベット語を教えるボランティアをしていた。

「米国に来たのは、間違いだった」

憮然《ぶぜん》とした表情で、ペマは言った。私が、「なぜ米国に来たの？」と問うと、開口一番にそう答えたのだ。亡命当時は、米国に淡い希望を抱いていた。仕事も容易に得ることができるだろう、と。しかし、米国で子どもを産み育てたことで、次世代にチベット人としてのアイデンティティが失われてきていることを危惧しているという。

「子どもたちが初めて耳にする言葉は、英語でしょう。そうなると、どんどん耳が英語に慣れてしまって……。子どもたちは皆、チベット語よりも英語のほうが得意になってしまったわ」

大人が子どもの現状を嘆くことは、どの国にも見られる光景なのかもしれない。しかし、彼ら彼女らにとって切実なのは、チベット語という母国語が消滅してしまうことだった。さらにチベット語という存在は、「母国語」というだけではない。チベット人のアイデンティティそのものであるといえるチベット仏教を真に理解するためには、チベット語の習得が必要なのだ。海外の人のなかには、チベット仏教を学ぶために、チベット語の勉強をする人も少なくない。経はチベット語で唱え、教えをチベット語で学ぶからだ。伝統的なチベット仏教の問答も、もちろんチベット語だ。そういう意味で、チベット語が失われていくことは、チベット人のアイデンティティが失われていくことに等しいのだ、とペマは嘆きながら続けた。

「アメリカ国籍を取得し、パスポートもつくったけれど、故郷へ旅行すらできないのよ。パスポートに、出生地を書かなくてはいけないでしょう？　それで、『チベット』と書いてあると、ビザが出ないのよ」

深く頷きながらペマの話を聞くドゥンドゥップ。彼もまた、悩みを抱えていた。

「娘たちが、チベット語を話さなくなって……。しかも、ミネソタよりもサンフランシスコのほうが都会で暮らしやすいから帰りたいって。チベットだったら父親の意見が絶対なはずだった。けれど、娘たちは考え方も欧米化していて、私の意見なんて何も聞いてくれない……」

ドゥンドゥップは、嘆くように独りごちた。実は、私が撮影のためにミネソタに滞在していたあいだに、長女までもがアルバイトの契約期間が終わったのと同時にサンフランシスコへ戻ってしまったのだ。ミネソタが田舎でつまらない、という理由で。ミネソタに残るのは、ドゥンドゥップと次男の二人だけになっていた。いくら自由な考え方を持っているドゥンドゥップでも、出自は家父長制の根強い小さな村。子どもが意見を主張し、父親の意見が聞き入れられないことに面食らっていた。チベット人としての伝統的な家族の在り方が崩壊し、父親としての威厳が失われてしまったと。しかし、さらに歯痒いのは、その威厳を保つことのできない自分の状況だった。英語を使うことができず、職を得ることもままならない。この国では、何をやるにも誰かの力を借りなければならない。そんな自分に腹立たしさをおぼえているようだった。

「さぁ、モモをつくるよ。みんな手伝って」

タシが、大きなボウルを持ってリビングにやって来た。ボウルの周りに、ペマや友人たちが集まる。ボウルの中には、挽肉《ひきにく》と細かく刻んだ青ネギが入っていた。タシは、発酵させた小麦粉の種を手際よく手のひらの大きさに薄く延ばすと、その皮をドゥンドゥップに渡した。

「何はともあれ、美味しいモモを食べたら気分も晴れるさ」

冗談めかしてタシが微笑む。ドゥンドゥップも笑って皮を受け取り、肉を詰め始めた。チベット人であれば、幼い頃から教え込まれているのだろう。ぎっしりと肉を詰めているにもかかわらず、まるで飴《あめ》細工の職人のように美しいひだを造形した。

「おっ！」

皆が口々に声をあげ、テレビに目を向けた。テレビから、チベット本土でも、そして世界中のチベット難民社会でも流行しているチベッタン・ポップス『飛べ』が流れてきたからだ。

さぁ、自由の翼を広げて
さぁ、夢をたずさえて
輪廻の海を越えて
幸せな地へ飛べ
さぁ、魂の感じるままに飛べ
飛べ
飛ばなければ、希望が失われてしまう
飛ばなければ、人生が終わるんだ

（訳：ソナム・ツェリン）

ＡＮＵという男性四人組のグループがうたうこの歌は、どこか懐かしいメロディと自由を希求する切実な歌詞が相まって、チベット社会で爆発的なヒットを記録していた。

ドゥンドゥップは、この歌を聴きながら何を思っているのだろう。故郷のことを懐かしく思っているのだろうか。それとも、決意とともに故郷を飛び出した亡命の道のりを思い出しているのだろうか。

彼は、今、自由の翼を広げ、魂の感じるままに羽ばたけているのだろうか――。

ドゥンドゥップは、近いうちにサンフランシスコへ戻ることになった。仕事も持てない自分が、ただただミネソタにいても意味がないと考えたからだった。次男ひとりをこの町に残し、引っ越しの準備を始めた。

キャンは南にいても、北を向いて死ぬ

「アメリカに来て、視野が広がった。ダラムサラにずっと暮らしていたら、私の世界は狭いままだった」

水鳥が舞う湖のほとりに腰かけ、次女のラモ・ドルマが言った。米国で難民として受け入れられて、すでに四年が経とうとしている。彼女は、米国の中学校、高校を卒業し、これから大学へ進学しようとしていた。アルバイトで学費を稼がなければならないため、進学には少し時間がかかるが、着々と準備を進めている。「チベット語を学んでほしい」という両親の思いとは裏腹に、医療関係の道に進むため、英語で理系の勉強に励んでいる。卒業した高校で最も仲が良かった友人は、メキシコからの移民だった。さまざまな背景を持つ人と関わることで、自身の置かれている立場を客観的に見られるようになっていた。

「チベットの伝統や文化を学ぶことも大切だと思う。両親のことも尊敬している。でも、私はチベットで生まれたかもしれないけど、故郷の記憶はほとんどない。帰ることができたとしても、働いていけるのかわからない。私は、アメリカで勉強に励み、ここで生活をしていきたい」

ラモ・ドルマは頭の回転の速い器用な子だ。例えば、兄妹で同じアルバイトを始めると、彼女が真っ先に仕事内容をおぼえ、他の兄妹に教えていたりする。私が撮影していると、学校の先生に撮影交渉までしてくれたりもした。言葉遣いも巧みだった。家族とはおもにダラムサラ訛りのチベット語で話し、父親とはアムド方言で話し、学校では英語を話す。さらに、Kーポップが好きな彼女は、韓国語も少し理解し、ダンスは完璧におぼえて踊った。そんな彼女には、故郷へ帰るより、ダラムサラに留まるより、米国で職を得たほうが向いているかもしれなかった。

「アメリカは、機会に恵まれている。誰にでも平等でしょう? 努力をすれば、必ず報われる」

ぱたぱたと飛び立つ水鳥を横目に、ラモ・ドルマは自信たっぷりに微笑む。まさにアメリカン・ドリームを自由に羽ばたいているようだ。だからといって彼女は、ドゥンドゥップが嘆くようにチベット人の心を忘れたわけではなかった。生きとし生けるものを慈しむ心は人一倍強く、困っている家族や友人には手を差しのべ、捨て犬や捨て猫を助けるチャリティキャンペーンを企画するなどしていた。部屋にネズミやゴキブリが出たとしても、命を奪うことなく、生きたまま外へ逃がした。

チベットには、世界へ散り散りになったチベット難民の心を予言したかのような諺がある。

「キャンは南にいても、北を向いて死ぬ」

チベット北部の高原に生息する動物「キャン(チベットノロバ)」は南にいたとしても、死ぬときは故郷の北の方角を向いて死ぬ、つまり、たとえ人が土地から土地へ渡り歩いたとしても、故郷の心は忘れないという意味だ。国や土地など物質的なものが奪われようとも、精神は変わらない。どんな場所でも、故郷のアイデンティティを保ちながら、ときに変幻自在に、しなやかに軽やかに生き抜いていく。これが、チベット人が世界のどこでも生きていける所以なのかもしれなかった。

世界に散らばるチベット難民社会は、ダライ・ラマ十四世がインドに亡命してから始まり、二〇一九年でちょうど六十年を迎える。その間、大きな変化を遂げてきた。

亡命当初、チベット難民たちは、インドの山間の地を切り拓くために道路建設工事に駆り出された。誰も足を踏み入れたことのない密林を開拓していったのだ。慣れない気候のなかで、多くのチベット人が結核や赤痢に感染し、命を落としたという。また、工事中に野生の象に襲われて亡くなった人もいた。働き盛りの男性は、インド軍に入隊し、中印国境紛争の最前線へと赴いた。それでも、「すぐにチベットへ帰れる」という希望を胸に、亡命第一世代は生き抜いてきた。

ところが、待てども待てども「帰還」という朗報は入ってこなかった。そんななか、彼らは受け身なだけではなかった。亡命先で、新しいビジネスを展開させていったのだ。それが、六〇年代後半からインドで流行した「チベッタン・セーター」だった。パキッと鮮やかな緑や青、赤やピンクの原色を使ったウールのセーターが人気を博し、たちまちブームとなったのだ。このビジネスは、道路建設工事の数倍もの賃金を稼げることから、困窮していたチベット難民を救うことになった。インド各地でチベット難民のみが商売できる「チベッタン・マーケット」が整備され、そこを点々と売り歩くことができるようになり、遊牧民気質のチベット人にぴったりな商売となったのだ。冬期限定ではあるものの、今ではチベット難民の半数以上がこのビジネスに関わるほどになっている。その他、レストラン経営で生計を立てるチベット難民もいる。インドでは、本格的なチベット料理が堪能できるのだ。

しかし、インドで職を得るにも限界がある。「チベット子ども村」でチベットらしい教育を受けたところで、就職できるのは亡命政府関係の仕事に限られていた。もし、インドで就職をするのなら、ヒンディー語を学ばなければいけないし、ビジネス・ライセンスも必要だ。結果、インドでのチベット難民社会の失業率は七十パーセントにのぼっている。教育を受けていても、就職できないジレンマを抱えているのだ。

さらに、インドとチベット難民社会の関係にも暗雲がたちこめている。一九九四年からインド政府は政治的な立場を変えたのだ。理由は、経済力を高めてきた中国政府からの圧力が強まったから。二〇〇三年には、インド政府は「チベットは中国の一部である」との見解を表明するまでになっていた。

その傾向は、草の根のレベルにまで進展している。政府が政治的立場を変えるのと時を同じくして、ダラムサラでは「チベット人排斥運動」が起こっている。厚遇されているように見えるチベット難民に対して、もともと暮らしていたインド人がこれを追い出そうと暴力をふるい、チベット人の店や建物を壊すなど危害を加えた。このとき、ダライ・ラマ十四世と〝ダラムサラの父〟といわれたN・N・ネルジーがあいだを取り持ったというが、そのわだかまりは今も残っている。セーター・ビジネスなどで優遇されるチベット難民を快く思っていないインド人は多いのだ。二〇一七年には、チベット難民が多く暮らすインド北東にあるボンディラという町で、チベット難民が土地を購入する権利を得たことに対して、地元の住民が抗議する大規模なデモもおこなわれた。

そして今、ダラムサラは、インド人の富裕層のリゾート地になり始めている。インドで最も人気のスポーツ、クリケットの競技場も建設され、真夏になると、暑さしのぎもかねて多くのインド人が遠方からやって来るようになった。難民二世三世のあいだでは、このままインドの土地や習慣と同化して暮らしていくことに、抵抗がない人も少なくない。

こうしたダラムサラの変化と呼応するように、チベットからの亡命者の数は年々減少している。二〇〇八年まで、毎年三千人ほどにのぼっていた亡命者の数は、今では年に百人程度（二〇一五年）にまでなっているのだ。その理由は、国境の取り締まりが厳しくなり、かつてと比べて亡命しづらい環境になったこと、そしてチベット本土自体が経済的な面で豊かになってきたことだといわれる。さらに、インドの中でのチベット難民の高い失業率も影を落としている。元命からがら亡命してきても、難民社会の未来に失望し、再び故郷へと戻っていく人もいる。

るのだ。

政治犯でない限り、中国政府も門戸を広げているため、帰ろうと思えば帰れるようになってい

その流れのなかで、ヒマラヤを越えた子どもたちのためにつくられた「チベット子ども村」も、存続を脅かされている。この寄宿舎で暮らしたり学校へ通ったりする生徒は、現在、難民二世三世や、インドのチベット文化圏であるラダックやシッキムに暮らす子どもたちが、多くを占めるようになった。生徒数が減る一方で、閉鎖を余儀なくされる学校もあるという。

しかし、現在のチベット本土が、チベット人にとって生きやすい場所なのかと問われれば、否定せざるをえない。身分証がなければ国内を自由に動くことはできないし、チベット人というだけでパスポートを発行してもらえなかったり、アムド地方のチベット人がチベット自治区に入るのに許可が必要だったりもする。政治的な発言は許されず、チベット語の教育を満足に受けられない人もいる。二〇一八年には、チベット語教育を推進したという罪で、タシ・ワンチュクという三十代半ばの青年が、懲役五年の刑を受けた。彼はただ、「チベット人にはチベット語教育が必要だ」と主張しただけだった。かつてドゥンドゥップが受けたような理不尽な仕打ちは、現在も他の誰かに対して継続的におこなわれているのだ。

あるチベット人留学生は、今の故郷について嘆きながら言う。

「あそこは金のことさえ考えていれば、平和に暮らせるんだよ」

かつて「精神が宿るのは西（ラサ）」といわれたその場所は、物があふれ、拝金主義が横行している。経済的に豊かになったといわれているが、実態は持てる者と持たざる者の経済格差

が拡大しただけだ。今も自由を切望し、焼身抗議という方法で訴えるチベット人は後を絶たず、現在までに百六十人を超えた。焼身抗議は、チベット人にとって非暴力の最終手段だといわれている。世界中のメディアが強国となった中国に忖度し、十分な報道をしていない現状を打破し、どうにかチベットの苦境を訴えようとしているからだとも聞く。「金のことさえ考えていれば、平和に暮らせる」この言葉は、見て見ぬふりをする私たちにも、あてはまる言葉なのかもしれない。

ディアスポラ（＝離散した民）となったチベット人が、これからどのようにその地に根をおろし、命の花を咲かせていくのか。ドゥンドゥップは、「命よりも大切なものは、自由だ」と言った。しかし、自由を手に入れたドゥンドゥップは、今、これからの自らの生き方を模索している。最近の彼は、「悩みすぎて、頭が痛い」が口癖になった。それでも、この場所で生きていかなければならない。そして、自分と同じような境遇にいる元政治犯たちの窮状を、世界に訴えていこうと誓っている。

一方で、チベットが自由の国になったとして、すべてのチベット難民が故郷へ帰ることが幸せなのかといえば、事はそう簡単ではないだろう。次女のラモ・ドルマのような故郷の記憶がほとんどない二世三世にとっては、突然、帰郷できることになったとしても、今のチベットで生きていけるかは別の問題である。これまで生きてきた場所と生活習慣や環境も違えば、職に就くために必要な中国語も習得できていないからだ。あるとき、ラモ・ドルマに「故郷はどこだと思う？」と尋ねたことがある。すると彼女は、しばらく考え込んでから答えてくれた。

「国は関係ないかな。家族が一緒にいられるんだったら」

〝精神が宿る〟ラサで生まれた彼女にとって、外形的な〝国〟や〝国家〟は関係ないのかもしれない。デラシネとなったとしても、揺るがない心を持って、自身が望むような生き方で、生きたい人と暮らしたい土地で、自由の翼を広げられるのなら。

エピローグ

二〇一八年八月。ラモ・ツォは、ドゥンドゥップとニューヨークを訪れていた。国連が、ドゥンドゥップの体験や中国の現状についてスピーチをしてもらうため、彼らを招いたのだ。

「北京五輪が開催されて、ちょうど十年が経ちました。私はこの五輪がきっかけで投獄されました。私は釈放されましたが、チベットでは抗議デモが続いています。十年が経とうとする今も、チベットの現状は何も変わっていないのです」

ドゥンドゥップは、自身の十年を振り返りながら、チベットの変わらない現状を訴える。いや、むしろ今のほうが悪くなってやしないか、と。

そんな夫の話を聞きながら、ラモ・ツォも自身の十年を反芻していた。十年前、まさか自分が将来アメリカで暮らすことになるなんて思いもよらなかった。突然の夫の逮捕から、〝政治犯の妻〟となって故郷へ帰ることができなくなり、インド、スイス、アメリカへと渡った。

ダラムサラで、まだ上手にパンをつくることができなかった頃、「自分は、いったいここで何をしているんだろう……」とやるせなくなることもあった。けれど、美味しいパンが焼けるようになったときには、「ここでやっていける」と思った。スイスでも、アメリカでもそのくり返しだった。どんな苦難があっても、どうにか解決する糸口を見出してきたのだ。そしていま、異国ではあるけれど、家族がそろって自由に暮らせるようになった。

ラモ・ツォは、十年のあいだ夫との再会を夢に見すぎていたせいで、亡命が成功して三ヶ月が経っても、まだ夢の中なのではないかと疑ってしまうことがあった。そんなとき、ドゥンドゥップに「これは、現実なの？」と確認する。すると、彼は、「見てごらん。私は、ここにいるよ」と優しく答えてくれた。そうして、ようやく夫が側にいることに確信が持てるようになった。

ドゥンドゥップは、英語の学校に通い始めた。しかし、英語を習得し、職を得て、自らで生計を立てていくためには、まだまだ時間がかかる。ラモ・ツォにとっては、養わなければいけない家族がひとり増えたということでもある。それでも、彼女は、そんな現状に打ちひしがれてはいない。

「トイレ掃除だって何だっていい。仕事があるのなら、問題ないわ」

さばさばと言い放つ彼女のまなざしは、初めて出会った、路上でパンを売っていたときと同じように、物怖じすることなく前を向いている。

あとがき

笑いとは、すなわち反抗精神である。

喜劇王チャップリンが残した言葉だ。二〇〇七年、私が初めてチベットの地に足を踏み入れてから、チベットやダラムサラで出会った人々は皆、どんな過酷な状況に置かれていても、ユーモアがあり、笑顔を絶やさなかった。それが彼ら彼女らの芯の強さの源にある魔法なのだとわかったのは、ラモ・ツォたち家族を撮影してからだ。第三者から見れば、冗談を言えるような状況とは到底思えないときでも、声高らかに笑う。まるで恐怖や不安を吹き飛ばすかのように。これこそが、ほんとうの非暴力の抵抗なのではないか……ラモ・ツォたち家族の佇まいからそんなことを思った。

例えば、ドゥンドゥップ・ワンチェンの亡命が成功し、初めてスイスと米国でテレビ電話をつなげて家族が会話をしたあの場面。この直前、娘たち二人は『北斗の拳』ごっこをして、流暢な日本語で「おまえはもう死んでいる」と言い合いっこをしていた。まさか、父親が死と隣り合わせの命がけの脱出劇を成功させ、ようやく安住の地に到着したまさにそのとき、娘たちが「北斗百裂拳」で「あたたたたたたーっ」と叫び、「もう死んでいる」などと不謹慎な言葉を発しているとは、誰も想像できないだろう。彼女たちは突き抜けて明るく、肩肘張らないやわらかな空気をまとっていた。それは、あれだけ過酷な体験をしたドゥンドゥップも例外ではない。初対面の日本人の私に、抗日映画で覚えた汚い日本語「バッキャロー！」と開口一番言い放つ。緊張のあまり顔が強張っていた私は、途端に肩の力が抜け笑うことができた。

ラモ・ツォたち家族の物語は、悲劇のなかで懸命に生き抜く人々の〝感動ドラマ〟といえるのかもしれない。けれど、それだけでない、もっとしたたかで人間臭く、善悪だけで判断することのできない、曖昧で、わかりにくい物語だ。ときに感動的な場面を「バッキャロー！」と冗談で笑い飛ばし、ときに合法的ではないやり方で海を渡り、人を欺いたりもする。彼らを手放しで賞賛することはできないし、正義だけでは語れないだろう。そしてまた、彼らを〝弱者として見たい〟人は、面食らってしまったかもしれない。しかし、本来、人間の在り方とはそういうものなのではないだろうか。聖人君子なわけではなく、後ろ暗いこともある。感動で涙するだけでなく、ふざけたりくすりと笑ったりもする。そのすべてをひっくるめて美しいのだ。私は、この本に登場する人々から二元論だけではない、複雑で豊かな、美しい人間の世界を教えてもらった。「正しい」ことがすべてではない。物事は表裏一体であり、角度を少し変えれば光ったり陰ったりする不確かなものであるということだ。

この空気感をありのまま表現できたらと、映画では、情報を極力省いて編集した。情報量の少なさから、映画を観た人の中には、蜘蛛の巣のような穴あき映画だと思われた人もいるかもしれない。本書はその真逆、情報を丁寧に書き記し、その穴を埋める作業に徹した。実は、映画を完成させた時点では、私自身、多くの謎を抱えたままでいたのだ。妻のラモ・ツォ側からしか情報を得ることができなかったことに加え、ラモ・ツォも真相をすべて知っていたわけではなかったからだ。私たちは、ドゥンドゥップ・ワンチェンの状況を憶測するしかなかった。

ようやく謎が解き明かされるのは、ドゥンドゥップのインタビューを叶えたとき。映画の公開後であり、本書では第五章にあたる。彼へのインタビューは、ラモ・ツォのパートで全体像をつかみきれずもやもやとしていたところにすべて答えてくれるものだった。それはある種、推理小説を読んでいるような、そんな緊張と興奮を私に与えてくれた。インタビューのあいだ、「そういうことだったのか！」と膝を打ったこと数知れない。十年越しのさまざまな疑問が、まるで雲間から光が差しこみ暗闇を照らしていくかのように、解消されていったのだ。

しかし、ただひとつ答えの合わない部分があったことにお気づきだろうか。それは、ラモ・ツォとドゥンドゥップが出会ってまもないときのエピソードだ。ラモ・ツォが「緊張して下を向いたまま、何も話せなかった」と語ったのに対し、ドゥンドゥップは「ラモ・ツォは最初から堂々と話す人だった」と真逆の思い出話をしている。どちらが真実なのか、知るすべはない。どちらも事実かもしれないし、どちらも記憶違いかもしれない。はっきりさせる必要はないだろう。記憶というものは、曖昧で極めて主観的なものなのだ。ただ、この互いに真逆に記憶している微笑ましいエピソードは、この夫婦らしい〝笑い〟の魔法のひとつのように思えてしまうのだ。

この〝笑い〟の魔法とともに、本書の中に何度も登場した「カルマ＝業」という考え。どんなことでも宿命ととらえ、前向きに生きていこうとするこのチベット仏教の思想もまた、私に大きく影響を与えるものだった。まず、ラモ・ツォたち家族を十年も追いかけた理由のひとつは、出会ってしまったがゆえに、私自身が私に勝手に課した宿命だった。なぜか、彼女が転機を迎えるとき――急遽《きゅうきょ》スイスへ亡命してしまったときも、夫が釈放されたときも、さらに「中国から脱出する」という一報が入ったときも、そして米国への亡命に成功したときも――私はいつもラモ・ツォの隣でカメラを回していた。なぜだか「居合わせて」しまっていた。これが私のカルマでないなら、なんなのだろう。不思議な運命としか言いようがない。そして私も彼らと同様に、このカルマに抗うことなく巻き込まれていったのだ。気づけば、十年の歳月が流れていた。

物語には、エンディングがある。しかし、私やあなたの人生が続いているように、どんな登場人物も日常が続いている。ドゥンドゥップのインタビューを終えた二〇一八年の冬、オーストラリアに暮らす彼の母親が亡くなった。ドゥンドゥップの逮捕後、毎日のように涙を流し、再会を願っていた母親だ。彼自身も、年老いた両親のことをいつも気にかけていた。しかしドゥンドゥップは、母親が生きているうちに海を渡って会いに行くことは叶わなかった。米国への亡命を成功させたものの、難民という立場上、ビザを取得することができなかったのだ。

ドゥンドゥップは、忘れ去られていくことを恐れていた。「これで終わりなのではない。大切なのは、これからだ」と。これは、彼ら家族の人生だけではなく、チベットの状況についてもいえることだ。この本の執筆中も、東チベットの四川省にある世界最大級の僧院だったラルンガルやアチェンガルでは、僧房の解体が続き、一万人以上の僧侶や尼僧たちが強制的に退去させられている。今のチベットの状況を「第二の文化大革命」と呼ぶ人もいるくらいだ。チベットだけではない。同じように、中国で生きるウイグルの人々にも当局の弾圧が続いている。罪のない百万人が強制収容され、思想改造が行われているという。ドゥンドゥップが受けた仕打ちは、今も多くの人々の身に襲いかかっている。

どうか、この世界のどこかでドゥンドゥップやラモ・ツォたち家族、そして彼ら彼女らのような人々が生きていることに、思いを馳せてほしい。理不尽な理由で自由を奪われ、家族が引き裂かれている状況があるということを。そうしたなかでも、それを吹き飛ばすくらい声高らかに笑い、前を向いているかもしれない。宿命として受け止め、今を淡々と生きているかもしれない。しかし、宿命だからと、彼らだけにその悲劇を背負わせてしまっていいのだろうか。その受難が少しでも軽くなるのであれば、私はこれからも、このカルマに巻き込まれていきたいと思う。

この本を執筆するにあたり、多くの方にご尽力いただきました。本書で度々登場する中原一博さんには、私が初めてダラムサラを訪ねた二〇〇九年から何度となく力を貸していただきました。監修をしてくださった三浦順子さんは、監修だけでなく、ドゥンドゥップさんがインタビューで話していた書籍の日本語訳を見つけ出してくださいました。驚きと同時に、その本のおかげで彼の思想をより深く捉えることができました。本書の要となったドゥンドゥップさんのインタビューの通訳ソナム・ツェリンさん。ドゥンドゥップさんがインタビューに難色を示しピリピリとした状況下で、ソナムさんが早朝から血の滴るレアのステーキを食べていたことを今も鮮明に覚えています。その生肉ステーキを美味しそうに頬張るソナムさんの姿を見ていたら、つらかった悪阻《つわり》のことも忘れ、「あぁ、きっとインタビューできる」と根拠のない自信が芽生えました。そして、文化の異なる日本とチベットの間に立って、ドゥンドゥップさんとのやりとりを丁寧に訳してくださった若松えりさんにも、最後まで大変お世話になりました。装丁の仁木順平さんは、堅いテーマの本書を主人公たちの人柄のように柔らかくスタイリッシュなデザインに仕上げてくださり、イラストを描いてくださった漫画家の蔵西さんは、この本にチベットの風を吹き込んでくださいました。編集を担当してくださった村岡郁子さんには、丁寧に読み込んでいただき、最後まで穏やかに励ましてくださったことに感謝してもしきれません。育児をしながらの執筆に理解を示してくださったことで、なんとか最後までやりきることができました。

最後に、この身勝手で無謀で無策な私の十年に付き合ってくれた家族に感謝します。そして、米国への取材でも執筆中もいつもそばにいてくれた娘へ。

二〇一九年十一月

うっすらと雪化粧した信州の山々を望んで

小川真利枝

［参考資料］

◆参考文献

『デラシネの時代』五木寛之著（角川新書、二〇一八年二月）
『旅の指さし会話帳65　チベット』星泉・浅井万友美著（情報センター出版局、二〇〇五年六月）
『地球の歩き方　チベット　2016年〜2017年版』（ダイヤモンド・ビッグ社、二〇一六年六月）
『ダライ・ラマ自伝』ダライ・ラマ著／山際素男訳（文藝春秋、一九九二年一月）
『雪の国からの亡命　チベットとダライ・ラマ 半世紀の証言』ジョン・F・アベドン著／三浦順子・小林秀英・梅野泉訳（地湧社、一九九一年一月）
『舞台の上の難民　チベット難民芸能集団の民族誌』山本達也著（法藏館、二〇一三年三月）
『チベットの娘　貴族婦人の生涯』リンチェン・ドルマ・タリン著／三浦順子訳（中央公論新社、二〇〇三年二月）
『中国青海省チベット族村社会の変遷』ガザンジェ著（連合出版、二〇一六年六月）
『アジャ・リンポチェ回想録　モンゴル人チベット仏教指導者による中国支配下四十八年の記録』アジャ・ロサン・トゥプテン著／馬場裕之訳／三浦順子監訳（集広舎、二〇一七年十月）
『パンチェン・ラマ伝』ジャンベン・ギャツォ著／池上正治訳（平河出版社、一九九一年三月）
『チベット旅行記（下）』河口慧海著／長沢和俊編（白水Uブックス、二〇〇四年八月）
『定本　想像の共同体　ナショナリズムの起源と流行』ベネディクト・アンダーソン著／白石隆・白石さや訳（書籍工房早山、二〇〇七年七月）
『そうだ難民しよう！はすみとしこの世界』はすみとしこ著（青林堂、二〇一五年十二月）
『ヒマラヤの越境者たち　南アジアの亡命チベット人社会』別所裕介著（デザインエッグ社、二〇一三年十二月）
『チベットの焼身抗議　太陽を取り戻すために』中原一博著（集広舎、二〇一五年九月）
『ダライ・ラマの仏教哲学講義　苦しみから菩提へ』ダライ・ラマ十四世テンジン・ギャツォ著／福田洋一訳（大東出版社、一九九六年七月）
『ブッダ最後の旅　大パリニッバーナ経』中村元訳（岩波文庫、一九八〇年六月）

◆参考論文
「忘れられたものの記録――アムドの一九五八年前後（上・下）」阿部治平（『中国21』、二〇〇六年三月・九月）
「『生態移民になる』という選択：三江源生態移民における移住者の生計戦略とポスト定住化社会をめぐって」別所裕介（『アジア社会文化研究』、二〇一四年三月）
「チベット難民の生計戦略にまつわる葛藤――北インド・ダラムサラにおける『シチャ（定住民）』と『サンジョル（新しく来た者）』の比較分析から」片雪蘭（『難民研究ジャーナル』、二〇一七年十一月）
「トランプ政権と聖域都市：「不法移民」をめぐる連邦政府と州、地方政府の攻防」安岡正晴（『国際文化研究：神戸大学大学院国際文化学研究科紀要』、二〇一七年七月）

◆参考ＵＲＬ
○ドゥンドゥップ・ワンチェン亡命時の報道
https://www.nytimes.com/2017/12/28/world/asia/tibet-filmmaker-dhondup-wangchen.html
https://www.theguardian.com/world/2017/dec/29/tibetan-filmmaker-welcomed-in-us-after-risky-escape-from-china
○ドゥンドゥップ・ワンチェン亡命のプレスリリース
http://www.filmingfortibet.org/2017/12/27/tibetan-video-activist-dhondup-wangchen-arrives-in-usa-to-safety/
○『恐怖を乗り越えて』上映情報
http://www.sftjapan.org/nihongo:leavingfearbehind
○２００８年北京での上映会の報道
https://www.reuters.com/article/us-olympics-tibet-idUSPEK42046220080806
○中川一博のFacebook
https://www.facebook.com/tonbani.ninjye/posts/10151784783796661

○米国の難民問題
https://www.hrw.org/report/2013/11/12/least-let-them-work/denial-work-authorization-and-assistance-asylum-seekers-united
https://toyokeizai.net/articles/-/162181
http://bigissue-online.jp/archives/1071714641.html

○はすみとしこのFacebook
https://www.facebook.com/permalink.php?story_fbid=1236003836425769&id=984279651598190

○ダドゥンのFacebook
https://www.facebook.com/100004693144113/posts/891594364340327/?d=n

○ナンシー・ペロシのTwitter
https://twitter.com/SpeakerPelosi/status/946062659912429568

○ドゥンドゥップ・ワンチェン氏の獄中からの手紙
http://lung-ta.org/51288298-2/

◆引用楽曲
“If I had Wings” Music and lyrics by Phurbu T. Namgyal
“Fly” Music and lyrics by ANU

小川真利枝（おがわまりえ）
ドキュメンタリー作家。1983年フィリピン生まれ。千葉県で育つ。早稲田大学教育学部卒業。2007年テレビ番組制作会社に入社、2009年に退社し、フリーのディレクターに。ラジオドキュメンタリー『原爆の惨禍を生き抜いて』（2017）（文化庁芸術祭出品、放送文化基金賞奨励賞）、ドキュメンタリー映画『ソナム』（2014）、『ラモツォの亡命ノート』（2017）などを制作。本作が初めての著作。

パンと牢獄《ろうごく》

チベット政治犯《せいじはん》ドゥンドゥップと妻《つま》の亡命《ぼうめい》ノート

2020年3月10日　第1刷発行

著者　小川真利枝《おがわまりえ》
発行者　鈴木晴彦
発行所　株式会社　集英社クリエイティブ
〒101-0051　東京都千代田区神田神保町2-23-1
電話　03-3239-3811
発売所　株式会社　集英社
〒101-8050　東京都千代田区一ツ橋2-5-10
電話　読者係 03-3230-6080／販売部 03-3230-6393（書店専用）
印刷所　図書印刷株式会社
製本所　ナショナル製本協同組合

ISBN 978-4-420-31088-8 C0095